ことづて

誰かとどこかで
七円の唄

永六輔
﨑南海子
遠藤泰子
[編]

朝日出版社

七円の唄
誰かとどこかで

ことづて

はじめに

五冊目の『七円の唄』になりました。

この〈七円の唄〉を読み始めた時から、実はずうっと気にしていることがあって、それは読む、朗読ということ。

遠藤泰子さんは朗読に憧《あこが》れてアナウンサーになった方ですけれども、僕ははっきり言って舌ったらずで、決して上手《うま》くない。そこを持ち味で読んでしまおう、ということでやってきているんですね。

問題は〈七円の唄〉というタイトルです。放送している時に、この七という字を「しち」と読むべきか、「なな」と読むべきか、ということがとても問題になるんですね。例えば、七福神は、「しちふくじん」という言い方をしますが、「ななふくじん」とは絶対に言わない。「なな」というのは、ひい・ふう・みい・よ・いつ・むう・なな……の「なな」で、「七円（ななえん）」って言うんだったら、「一円（ひいえん）」「二円（ふうえん）」という言い方があり得るはずなのに、あり得ない訳で……。本当は今ここで白状しますと、七円は「しちえん」と読むのが正しいんですね。例えば、歌舞伎の役者で七代目を「しちだいめ」という言い方をしますが、「ななだいめ」という言い方は絶対しない。

耳馴染《なじ》んでいるのは、「なな」という言い方のほう。「しち」だと、「いち」とか、「はち」って言うのと聞き間違えやすいんですね。

音の世界だと、「いち」だったのか、「しち」だったのか、なかなか難しいんですが、活字の場合は読むほうの勝手で、七を「なな」と読もうが、「しち」と読もうがいいんですが。

　この番組では五冊になるまで、〈七円の唄（しちえんのうた）〉ではなく、〈七円の唄（ななえんのうた）〉で続けてきてしまいました。今さら間違っていましたとはとても言えないんですけれども、本当は〈しちえんの唄〉が正しいなと思いながら、いつも、〈ななえんの唄〉と、言い続けています。

　でももう五冊になりましたから、せめて七冊（ななさつ）まで、〈七円の唄（ななえんのうた）〉で、今後もよろしくお願いします。

二〇〇一年　春

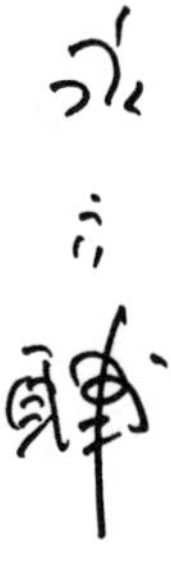

はがきによく似合う唄
はがきが七円の時代に始まって
はがきが五十円の今も
タイトルは値上げをしていません

はがきの値段の変遷

昭和	二十三年七月十日	二円
	二十六年十一月一日	五円
	四十一年七月一日	七円
	四十七年二月一日	十円
	五十一年一月二十五日	二十円
	五十六年一月二十日	三十円
	五十六年四月一日	四十円
平成	元年四月一日	四十一円
	六年一月二十四日	五十円

財団法人日本郵趣協会
『さくら日本切手カタログ
2001年版』より

七円の唄　誰かとどこかで

ことづて

◆目次

◆つながる命
——娘と息子

◆つぼみの季節

◆ある日の出来事

◆ふたり暮し

◆元気な季節

◆旅して

◆ そのうしろ姿

◆ドキリとあれれ

◆空がたかい季節

◆

ひとりごと

◆

装幀・装画・本文絵——和田　誠

本文デザイン——山口真理子

わが家のふふふ

日本列島を旅してきたはがき
南の島からきたはがきのふちから
あたたかな歌がこぼれおちます
冬の岬からきたはがきはしっとりと重く
雪のにおいがします

ああとため息がたちのぼるはがき
ふふふとかすかにふるえるはがき
一枚のはがきは豊かです

――崎　南海子

六輔談話

わが家のふふふ

ふふふと笑うのはちょっとうれしいから。

「とてもうれしい」「たいそううれしい」「すごくうれしい」、いろいろな「うれしい」がありますけれども、「ちょっと」と言っているところが、〈七円の唄〉なんですね。

「ちょっと」というのは別の言い方で言うと「小さな」といううれしさ。

小さいことのよさというのは、小さいから見つかりにくい、見つかりにくいものを見つける、感じにくいものを感じる。そこの「ちょっと」だと思うんですね。そうすると「ちょっとうれしい」ということの「ちょっと」を大事にできる人というのは、いつもうれしくて、いつも楽しくて、逆にその「ちょっと」が見つからない人にしてみると、いつも憂鬱《ゆううつ》で、いつも腹立たしかったり何かするんじゃないかと思います。

ということは、本当にちょっとしたことを感じられる受信機、アンテナが優秀なんですね。

僕がちょっとうれしいと思う。そうすると、あなたもちょっとうれしいと思う。つまり価値観が同じ。

皆さんのはがきを読んでその同じ価値観を共有すると「えっ、こんなちょっとなのに、こんなにうれしいんだ」という発見につながります。その時ふふふなのです。

古い娘

埼玉県狭山市　佐藤すばる〈47歳〉

久しぶりに遊びに来た妹の前に通信販売のカタログ帳を広げて、
「これを二人に買ってやろうか」と言った父。
父は護身用のカラシスプレーを指さしていた。

妹は笑いころげ、私は泣きそうになった。
四十一歳の妹と四十七歳の私。
高校や中学の子供がいる、古い娘です。
それでも父にとっては気がかりな娘。
お父さん、私たち大丈夫、自分を大切にするから。

私のなかの母

群馬県太田市　内村てる子〈51歳〉

免許証の自分の写真を見た時、「母さんだ」と思わず叫んでしまった。そういえば、お風呂に入った時、「極楽、極楽」と満足すること。布団に入った時、「寝るこそ楽はなかりけり」といいながら眠りにつくこと。母が今の私の年代に呟《つぶや》いていたセリフ。新聞を見終わった後、無意識に両手で顔をこするくせ。夫に向かって「都合の悪いことは、ぜんぶ私にさせるんだから」と文句を言うところ。五十一歳の私は生前の母そのもの。違うところは、私より私の子供の方が、親孝行なところ。母よりちょっとだけ幸せな私。

娘の彼

東京都昭島市　斉藤隆子〈46歳〉

娘と娘の彼を連れて懐石料理を食べに出掛けた。

彼のいつもの夏の服装は、Tシャツ、ハーフパンツ、草履《ぞうり》、おまけに鳥の巣のような頭と聞いて、予約したことを後悔した。

当日、膝《ひざ》の隠れたズボンに、靴を履いて現れた。緊張しながら懐石料理の初体験を、おいしいと残さず食べてくれた。

就職が内定したら、フランス料理をご馳走する約束をした。

別れた後、娘が「へんな敬語使っていたね」と言った。

性格は良さそう、八十点、合格。

床屋と美容院

愛知県名古屋市　川《かわ》面《つら》啓《けい》治《じ》〈45歳〉

ぼくは小学生の頃から床屋が苦手だった。散髪の場合は、小一時間はあの拘束椅子に座っていなければならない。子どもにとっては難行苦行である。また、手バリカンが痛かったり、刈られた毛が首筋をちくちくしてかゆかったりしたのも嫌であった。さらに順番待ちも退屈だった。

そんなこんなで、大人になっても床屋はどうも苦手。そこで、最近では美容院を大いに利用している。妙齢の女性が頭をいじってくれるのが、おじさんには心地よい。シャンプーなんかで豊満な胸が顔に触れたりする気持ちよさは、筆舌に尽くしがたい。美容院は予約制だから、待ち時間も無し。髭《ひげ》剃《そ》りなどの余計なことをしないので、三十分で終わるのも頗《すこぶ》るよろしい。月に一度の美容院での至福にひたるのを楽しみにしている。

うれしい間違い電話

宮城県仙台市　亀谷あい子〈82歳〉

夕方、御飯のために一握りの米を洗ってたら、うしろで電話がなった。

「だれかしら?」と受話器をとったら、耳に幼い男の子の声。

「おばあちゃん、かぶと虫おくって!!」と可愛い声。

私には、昔々の子供たちや孫たちの声なので、びっくりなつかしく、体がほてってきた。

「どこにかけたの?」

「私もおばあちゃんなので、おばあちゃんだけど、ボクはだれ?」と言ったら、ママらしい声とかわり、

「まちがいです。ごめんなさい」と言ふ。

顔もみえない幼い子とみぢかい時間おしゃべりした。

一握りの米を洗ひながら、ひとりでうれしくてにやにやした。
どこの坊やか、ひとりぐらしのばあさんを一寸《ちょっと》だけたのしくさせてくれて、
ありがとう。私も昔、むかし、こんな日があったのに、孫まで大人になり、
今はひとりぐらし、のんきだけどさびしい日が多い。
また聞きたい坊やの声、思ひ出してまだにやにやしてる。

本屋と私

岐阜県関市　片桐敬三〈33歳〉

三年ほど前から、ある作家の全集を本屋に取り寄せてもらっている。

月に一度、その本を取りに、近くの本屋へ行く。

店員さんは私の顔を見ると、私が何も言わぬうちに、その本を出してくれるようになった。

それだけのことが、なんだかとても嬉しい。

「ありがとうございました」の声に送られて本屋を出る。

私も心の中でありがとう、とつぶやいてみる。

あと二冊で全集が完結するのが、ちょっとさびしい。

ちょっとしあわせ

山梨県中巨摩郡　小林真由美〈48歳〉

入院、手術、退院、そしてやっとまた自由に歩けるようになった日。うれしくて早速、本屋さんに出かけた。店の隅に、たくさんのポストカードが並んでいる。むらさきつゆくさや、あじさい、れんぎょうの花がまるで野山に咲いているように、ひっそりと手描きされ、ほっとする言葉が添えてある。「あっ、いいな。買おうかな」何度も見返しながら、そっと元にもどした。それから半年ほど経ったある日、今流行《はやり》の古本屋さんに立ち寄ると、あの時あきらめたカードにかかれていた花と言葉が、全部のっている本を見つけた。四十数枚にもなる素朴でみごとな絵。な、な、なんと百円。うれしくて両手で胸に抱きしめて帰った。『風の旅』というこの本。しばらくは私の宝物になりそうだ。

背中の笑い声

福岡県宗像郡　安河内《やすこうち》一誠《いっせい》〈62歳〉

夕暮を自転車でパートの帰り道。

自転車で狭い道いっぱいに広がり、楽しそうに話しながら走る中学生らしき十数人の少年達に追いついた。

彼らは私に気づかず、そのまましばらく走ったが、最後尾の一人が私に気づき「おーいみんな、どけ！」と叫んだ。

自転車は左右に分かれ、中央を、私を通してくれた。

見ると、ピッカピッカの新車が一台。

「いい自転車だね」と私。するとみんなが元気に「はいっ!!」

通りすぎる私の背に明るい笑い声がいっぱい。

なんていい気分

埼玉県川越市　近藤多加子〈61歳〉

時間大尽になりました
みかん湯にとっぷりつかりました　大金持ち気分
ばら風呂に入りました　女王気分
たんぽぽ風呂も試しました　少女気分
菖蒲《しょうぶ》風呂はおなじみですが　青年気分
唯今《ただいま》　よもぎ風呂に入っています
聖春《せいしゅん》　清春《せいしゅん》　ばんざーい
すぎな風呂　つばき風呂　エトセトラ
私『薬草風呂』の本　見たのです

なじみのカラス

宮崎県日向市　山下昊子《ひろこ》〈72歳〉

朝になるとカラスが「カアーカア」、西の方に餌《えさ》を探しに飛んで行く。その中の一羽に、なんともせわしく、他のカラスの倍の速さで「カア　カアカア　カア」と鳴くのがいる。その声を聞きはじめてから楽しみが一つ増えた。今日はまだかな。どうしたのかしら、と鳴き声を心待ちにしている今日この頃です。

手紙

富山県富山市　中川みどり〈49歳〉

甘えん坊と自他共に認める次男が、進学の為に家を離れて三週間が過ぎ、夫と二人で、どう暮らしているのやらと案じる日々の折に、一通の近況を知らせる便りが届いた。

今どきの子は電話やＦＡＸなど通信手段も多かろうに、親にしてみれば初めての息子からの便りに、何度も読み返せる手紙のなんと嬉しいことでしょう。

〝また、便りします〟と結んであった言葉に、果たして二通目が来るのかと思いながらも、早くも次の便りを待ちわびているのです。

あたたかい手

宮城県仙台市　中川絹子〈48歳〉

めったに病気などしたことのない、我が家の八十三歳の舅《しゅうと》さんが入院した。見舞いに来て下さった方が、

「健康な人のパワーをあげるね」と握手でまたね、とあいさつをする。

「みんなと握手をするけれど、お母さんの手が一番あたたかい。孫の手が一番冷たいんだ。バイクで来てくれる手だもんなぁ」

五十歳に近いこの歳まで、他人《ひと》に一度もほめていただいたことのない私のこの手をほめてくれたじいちゃんに、今晩も「がんばれ。元気でまたね」の握手をする。

つげ櫛のぬくもり

岐阜県中津川市　村上美津子〈58歳〉

久しぶりに長女が帰省。「プレゼント」と可愛い花柄の紙袋を渡されました。見ますと、赤いちりめんケースに入った、本つげ櫛《ぐし》でした。

「あら、懐かしい」と声も弾みました。

昔、母が使っていたのと同じ形のつげ櫛です。

母はパーマ気なしの長い髪に椿《つばき》油を馴染《なじ》ませ、つげ櫛で丹念にすきました。充分にすき終わると、髪を後ろで束ねて丸まげを結っていました。

早速、私は洗面台の鏡の前に立ち、つげ櫛で髪をすきました。手に持つ櫛の柔らかさで、ぬくもりが伝わってきます。ひと櫛すいては、母のことを想いました。母の鏡台の引き出しを開けると、つげ櫛に染みた椿油の香りが広がって、安堵感を覚えました。嬉しいプレゼントに感謝をしました。

つながる命

——孫

昔の昔
いきものは海からうまれてきました
だから海へ帰りたくなるのでしょう

砂浜でひざっこぞうをかかえ
海とじっとむかいあいます
よせてはかえす地球という命のつながり

なにかやさしく大きな存在が
いつの間にか隣に座っています

——﨑　南海子

六輔談話

つながる命——孫

僕も孫が四人いるんですが、孫をかわいがるおばあちゃん、おじいちゃんのおはがきというのは本当に多く、それはとても微笑《ほほえ》ましくて、目に入れても痛くない、目から出しても痛くない。右目から入れて左目から出すというような、何をしても痛くないんだけれども、最近、孫に関してとても怖いことを聞きました。

それは「幼児虐待」というのがあって、お母さんが小さな赤ちゃんに乱暴する。もちろんお父さんもあります。お父さんもあるけれども、お母さんやお父さんが、小さな子供をいじめる、あるいは死に至らしめてしまうというニュースが続いています。

カウンセラーをしている友達に聞いたんですけれども、お母さんは子供が憎いだけじゃないんですね。おじいちゃん、おばあちゃんが孫をかわいがると、その孫は、やさしいほうへなついてしまう。

そうすると、普段子育てで苦労しているお母さんから見ると、おじいちゃんとおばあちゃんが大切にしているものを傷つける。

とても怖い話で、おじいちゃんとおばあちゃんはぜひ、孫をかわいがるときに、その間で板挟みになるお嫁さんやお婿さんのことを考えて、ただかわいがるのではなくて、お父さんとお母さんが大事にしている孫を、どう補う形で大事にするか、考えて下さい。

無責任にかわいがることが、どんな悲劇につながるかということ、こういう暗い話は皆さんのお手紙の中にはないですけれども……。

ハルジオンの花

神奈川県川崎市　和田智子〈56歳〉

三歳の孫が遊びに来た。

荒れ放題の庭。

その庭にハルジオンの花を見つけて、

「おばあちゃん、この白いお花きれいね」

夫に言われれば嫌味と受け取るのに、
「女の子っておしゃまねぇ」と、
かわいいと思うから不思議。

白い髪嫌い

埼玉県新座市　大橋八七子《はなこ》〈76歳〉

次男に十年振りに、昨年女の子が生まれました。もう可愛くて、生まれたころは私がさわるとき手をふくやら、それわそれわ大変でした。一つ困ったこと、頭の髪の白い人を見ると泣くので困ります。テレビで茶色の髪の人が出ますと泣きやみません。

主人が可哀想です。髪の黒い人には、よく笑います。なぜ、白や茶色の人が嫌いなのでせう。

うちは明治、大正、昭和、平成生まれです。

夢の共演

大分県北海部郡　水野利子〈67歳〉

私どもの家族は、二人の息子に孫五人。

子煩悩の主人は、自慢のカメラで撮ったスナップ写真が山になるほど。

散髪から、オモチャ類の修理、何でもかんでもお手のもの。

近くにいる孫娘は、

「おじいちゃんといると、とても便利だから、わたし、大きくなったらおじいちゃんと結婚するからね」と云って、みんなを笑わせていた。

その子も小学校に通うようになって、ボーイフレンドができたのか、ある日「わたし、もう年寄りとは結婚しないから」と、ついに宣言されてしまった。

主人が若い頃、我流ではあるがバイオリンを弾いていた話を聞いた息子達が、還暦祝いに楽器をプレゼントしてくれ、時々、好きな曲を弾いていた。

そして、ついに七十の手習いで教室に通うようになり、メキメキと上達。

先日、小学四年生になった孫娘のピアノ発表会で、バッハのメヌエットを合奏し喝采《かっさい》を浴びた。結婚には振られたけど、孫との共演の夢がかない、今は最高の幸せを感じているようです。

立派な音色

茨城県稲敷郡　徳久裕希子〈67歳〉

「発表会を見に来て下さい」と一番ちいさい孫からのはがき。
見たいテレビをがまんして、夫と出掛けました。
ピアノの伴奏に助けられながら、なんとか弾き終わる。
泣きながら練習してた一年前。
よくつづいたなぁと感心しました。
他人はきっとノコギリの目立ての音と勘違いするでしょう。
でも身内の私達には、立派なバイオリンの音色に聴こえるから不思議です。

一人前の赤ん坊への道

東京都三鷹市　山田文枝〈61歳〉

初孫が生まれて六カ月目になりました。

毎日、汗びっしょりになって寝返りのおけいこです。

足やおしりは返っても、大きな重い頭が首に乗っからなければ、全身がくるりんとはいかないようです。

首がすわるということは、こういうことなのかと教えられました。

寝返り動作のメカニズムがよく分かって、感動しました。

首の筋肉がしっかりすると、一人前の赤ん坊と言えるのでしょうか。

日に日に上手になって、自分でもうれしいのか、満面の笑顔です。

このガキの親！

岐阜県本巣郡　林　律子〈57歳〉

暑いあつい日本の夏。
恥も外聞も、さらりと脱いで我、タンクトップ。
今日は、外孫の六歳と喫茶店。
席に着くが早いか、
「ばあちゃん、おっぱい見えるよ」
「ン!!」と私。
よく見ると、脇から、胸の肉が流れてる。
「これはね、お肉なの」と私。
「あとでおっぱい、さわったるでな」と大きな声をとどろかす。
このガキの親、出て来いと叫んでみたけど、それは私の娘。

おばあちゃん顔

岐阜県本巣郡　伊藤栄子〈61歳〉

六歳の孫が、夫をながめて「しろげがある」と言いました。

「ああ、それはね、しらがっていうの。おばあちゃんも時々、黒く染めてるでしょ」と言ったら、

「でもね、おばあちゃん。髪を黒く染めても、顔はおばあちゃん顔だよ」

「ええっ。おばあちゃん顔なの？」と言いながら、私の顔はひきつっていたのではないでしょうか。

孫はすかさず、

「でもね、きれいにお化粧して、素敵な洋服を着たら大丈夫だよ。そんなに心配しなくても」だって。

孫が帰ったあと、私は鏡を見た。

心得てる孫

埼玉県春日部市　大塚のり子〈50歳〉

孫のナオは二歳になろうとしている。
夫をじぃーちゃん、私をばぁーちゃんと呼ぶ。
パパ方の親はジィー、バァーと呼ぶ。

見るたびにバァーにそっくりになってくる。
目の細さ、顔だち、耳たぶ、首の太さ、びっくりする。
ばぁーちゃん似といえば、さがすのに苦労する。
ジィーには抱きつきチューをする。ますます可愛くなる。
じぃーちゃんが好きかと聞けば、いや、いや、やぁ～よ。
あっははは、きらわれちゃったとじぃーちゃんはにが笑いをする。

バァーが帰るときなど、帰っちゃやゃぁやぁ、やぁ〜よ。

バァーにしがみつき、大声で泣く。

ばぁーちゃんには、バイバイ、またねぇと手をふる。

淋しいねぇぇ。

仕方ないさ。これが逆だったらどうする。ママの立場がないぞ。これでいいんだ、これで……と、じぃーちゃんの言葉。

ナオはちゃんと心得ているんですね。

昔の生活

埼玉県浦和市　野島スミ子〈71歳〉

夜、孫から電話。

おばあちゃんに質問があると言う。この頃、急におとなびた声になった。

おばあちゃんの子供の頃、ごはんは何で炊いたの、と聞く。ガスよ、と答えると、ふうん、と不満そう。薪《まき》で炊いていたと思ったのかしら。

結婚するまで、ガスも水道もあるのが当たり前と思っていた東京生まれ。

こちらへ来て井戸水を汲《く》み、薪割りしてごはんを炊いていたと言うと、やっと納得した様子。ちょっと待ってて、今書くから、と。

どうやら、昔の生活をおばあちゃんに聞いてくるように、との宿題らしい。

孫のお陰で、四十数年前のなつかしいあれこれを思い出した夜だった。

孫娘のためにしつけ

東京都江東区　河西《かわにし》喜義《きよし》〈62歳〉

一人息子の娘――孫娘は、ただ今、三歳八カ月。目に入れても痛く無いと申しますようにかわいいですが、食事の時など行儀が悪いので、正座してと足をピシャリと叩きましたら、「ママー、ジイジイが」とお嫁さんに言いつけて、「ジイジイこわい」それ以来嫌がられてしまいました。

三ツ子の魂百までと申しますように、今嫌われてもかわいい孫娘の為にしつける時は、しつけています。私の祖母は明治生まれ。私の母は今九十歳。元気でシャンとしてます。祖母は厳格な人でした。行儀が悪いとビシビシと叩かれました。今思いますと、いろいろの面で感謝しています。当時はこわかった祖母の顔も今は懐かしいと思い出します。孫娘も大人になった時に、こわいジイジイの顔を思い出してくれれば幸せです。

私の後継者

千葉県野田市　桑原芳子〈65歳〉

お正月、我が家で百人一首を覚えて帰った孫娘。帰ってからすっかりかるたの虜《とりこ》になったよう。おたふく風邪で学校を休んで退屈しているせいもあり、また一首覚えたと言っては、毎日のように電話してくる。

「バアバのオハコもおぼえちゃった」と電話口で、私の読み方そっくりに、たどたどしく間違えずに諳《そら》んじてくれる。

娘に聞けば、私の宝物の金箔《きんぱく》かるたを、他のいとこ達にとられたくないようなのだ。でも、万事がオットリの孫娘にくらべると、他の孫達は何事も素早いので、きっと負けるに違いない。ほんとうに百人一首を愛してくれる孫に形見にあげると遺言に書いておかなければ、と思ったりしているが、いずれにしても私の後継者が出来たのは嬉しくて仕方がない今日この頃。

Vサイン

埼玉県大宮市　石橋光子〈57歳〉

嫁いだ娘がよく孫の写真を送ってくる。

お兄ちゃんは、あいかわらずVサインをしている。その横で、二歳になる弟は、いつも自分の手を見ていてカメラを見ていない。

会いに行って何故かわかった。お兄ちゃんのようにVサインをしたいのだが、どの指を出したらいいのかわからないのだ。小さな指をあれこれと動かして悩んでいるうちに、シャッターはきれてしまう。

今年も金沢の雪の中から「こんなに雪があるよ」と、可愛い顔が二つのぞいたVサインの写真がきた。

結婚して七年間に四回目の転勤なのに、「ちょっと長い旅行で全国をまわっていると思えばいいわ」と、見事にそれを楽しさにかえている娘達から。

つながる命

——娘と息子

宇宙の闇でそっと息づく青い星
地球は命そのものです

くじらも　すれちがう船の人も
コウモリを追うアフリカの人も
地下鉄にすむ虫と急ぐマンハッタンの人も
涙を流すあなたも　地球の命のつながり

縄文時代の昔の昔から続く　親から子へ
たての命のつながりもあるけれど
地球は今をいきる横の命のつながりです

——﨑　南海子

六輔談話

つながる命——娘と息子

百歳以上の方が、もう一万人を超えつつあるという話を聞きました。そうすると百歳以上の方、おばあちゃんが多いんですが、その百歳以上の方の子供というのはだいたい、八十歳を超えていたりするわけです。我々が「親と子」というとらえ方をすると、春で言えば入学式に行くお母さんと、胸に名前をつけて新しい学校に行く子供というのがイメージとして浮かぶじゃないですか。

でも具体的に言えば、僕は淡谷のり子さんとお付き合いが長かったんですが、淡谷さんのお母さんは百歳近くまで元気だったんですね。で、八十歳の淡谷さんをお宅にお送りすると、お母さんが出てきて「いつも娘が世話になっております。ふつつかな娘ですが、今後ともかわいがってやってください」と言うんです。八十歳の淡谷のり子さんのお母さんが、僕にですよ。

そういうふうに、百歳を超えようが娘は娘、息子は息子という親と子と、初めて子供が生まれて、ああ、親になったんだという親と子。

これはまったく違う親子なのに、「親と子」というかたちでひとくくりにしてはいけないと思います。

明治初年から大正ぐらいまでは三世代で、おじいちゃん、おばあちゃんが、孫の顔を見て亡くなったから大往生という時代が、いつのまにか四世代、五世代、極端な場合になると六世代が同じ家に住んでいるという、時代なのですから。

ごはんよぅ

埼玉県北葛飾郡　仁昌寺《にしょうじ》明子〈47歳〉

子供が幼かった頃、「ごはんよぅ」と声をかけるとすぐに嬉しそうに家にはいってきた。友達も「じゃあ、またあした遊ぼうね」と帰っていった。

中学生になってポケベルを持った子に、「ごはんだよ、かあさん」とメッセージを入れるとまもなく帰ってくるので、「まだエサにつられるんだね」と笑ったっけ。

高校三年生になって携帯電話。

いつもの時間にごはんの支度をととのえたのに帰らない。さて、どうしよう。

呼んでみようかな。だけどきっと留守電だろな。

伝言入れたら笑うだろうな。「もうごはんの時間よ。かあさん」って。

そばでビール飲みながら夫がニヤニヤしてる夕食時。

まるで刑事

静岡県磐田郡　寺田公仁子《くにこ》〈47歳〉

今日の私は何かへんだ。

きのう布団に入る前に、今年大学生になった娘がこそっと教えてくれた。

「彼が出来たんだよ」と。

私はびっくりをかくしていろいろ聞き出す。年は……家は……兄弟は……。

まるで刑事である。

いつもは友達の彼のことをうらやましそうに話す娘。うちの娘にはどうして彼が出来ないんだろうな……なんて思ったりもした。

しかし今はうれしいような、怖いような、何か私自身が認められたような、これからもまじめにしっかりと。へんに〝力〟が入っているんです。

ほめる効果

群馬県北群馬郡　篠原ひとみ〈47歳〉

先日、中二の息子がこんなことを言った。

「いつも雑巾《ぞうきん》のゆすぎ方が上手だねって、先生にほめられるんだよ」と。

そういえば今年の母の日に、自分から、

「お母さん、ベランダのそうじしてあげるね」と言って、二階まで何度も何度もバケツの水をとりかえながら、きれいにそうじをしてくれたっけ。

マラソンの小出《こいで》監督ではないけれど、ほめる効果はすごいなと実感する。

できれば勉強もほめてもらいたい、などと正直に思ってしまう私。

ちょっと欲ばりかな。

お父さんのいる星

宮崎県串間市　吉田珠美〈41歳〉

夜空を息子が見上げ、

「お父さんは、どの星にいるのかなー。小さいと落ちるもんね。きっと大きい星にいるよね。お母さん、天国ってどんなとこ?」と言う。

「天国に行って帰って来た人はいないから、わからないわね」と答えた。

父親のいない息子に、

「心配しなくてもいいわよ。お父さんはちゃんと天国にいるからね」と話した。父親の勤め先を聞かれたら、天国と答え、驚かれたこともあったが、八カ月だった息子も今は四歳である。代理の私の父は、七十二歳と高齢である。息子が中学生になるまで、生きていたいと言う。孫の成長を楽しみにしている父が、長生きしてくれますようにと願う。

ひとり立ち

静岡県磐田郡　鈴木裕子《ゆうこ》〈43歳〉

中一の頃、「お母さん、もし僕が遠くの大学に行くことになったら、このミートソースの作り方教えてよ」そう言った長男。

でも、高校二年の頃から、髪の色を染め、耳には大きなピアスをぶらさげ、帰宅時間は毎日十時、十一時。高三になってからは、「もうこれ以上勉強なんてしたくないし、こんな家にもいたくない。就職して、お金がたまったら家を出る」と言い出す。

どうしてこんなに変わってしまったんだろう、と思い悩む毎日。

そんなある日、「お母さん、俺が家を出る時には、お母さんの料理の本、もらって行くからね」なあんだ、やっぱり変わっていなかったんだ。でも、なんだか嫁ぐ娘から聞くようなセリフ。思わず笑ってしまった私。

たくあんの謎

東京都杉並区　庄司貴世美〈56歳〉

結婚した娘から電話がありました。

「岩手の義母《かあ》さんからお米や野菜をたくさん送ってくるの」

「そう助かるじゃない。ありがたいことよ」

「でもね、たくあんも入っててね」

「まあ、おいしいでしょうね、手作りの」

「それがちゃんと切ってタッパーに入れてあるんだよ。私がたくあんも切れない嫁だと思ってるのかなぁ」

「それはね、大事な息子が、好きなたくあんがすぐに食べれるようにという親心よ」

「ふうん、そっか」と電話が切れました。

髪をとかして

山口県防府市　窪田和代〈49歳〉

長女と私　一番気になる存在なのにいつも壁を感じていた
やさしいことばがかけられない　しっかり抱きしめられない
心がいつも暗かった
その子が交通事故をした　鎖骨骨折
長い髪がとかせない　むすべない
髪をさわるの　得意じゃないけど
毎日毎日　とかしに行った
長女も乱れ髪のままで待っていた
二人とも何も言わずにとかしていたけど
細い髪を通して　二人の心にほんのり明かりがともるようだった。

武者修行のみやげに

東京都国分寺市　髙橋道子〈58歳〉

親からの片道切符を餞別《せんべつ》に、息子はアメリカへ武者修業。

言葉も不自由、金も無い、あれもこれも無い……旅立ち。

一カ月後の便りは、

「どうにか生きている。心配ない」

私はひとりワーワー泣いた。

年月過ぎて八年。可愛い嫁さんと孫をみやげに帰国。

「これからみんなでばあさんのそばにいるから」

今度はあったかい涙が少し流れた。

茶髪の決着

山梨県山梨市　岡村愛子〈41歳〉

中二の息子の担任から電話があった。

「髪を染めていたの、ご存知でしたか？」と。

やっぱり。少し赤茶けているかな……とは感じていた。朝食はとらずとも、ヘアドライヤー片手にじっくりと鏡を相手にする息子ゆえ、熱風で髪が傷んだのかも……と思ったりもする、のんきな母親だった。

「本人に注意したところ、直すと言っています」と担任。

「直す？　直すって、染め直すことですか？」「そうです」

聞けば、息子は三カ月ほど前に、床屋でヘアマニキュアなるものをやってもらい、この度の散髪でめだつようになった頭頂部の赤茶色に、美術の教員が気付いたとか。さすが色彩感覚は素晴らしい。

「校則違反です。中学生らしくない姿です。そのようなことに気をとられ、勉強がおろそかになります……」

担任の言葉を遠くで聞きながら、うーん、そうかなあ……と思う。自分をいかにカッコよく見せるかと苦心する息子の方が私にはいとおしいし、ごく中学生らしい姿だと思うのだが。

担任からの電話のことは息子には伝えず、夫婦で静観することにした。たっぷり学校でしぼられただろうに息子は何も言わない。彼が何を思い、どう決着をつけるか、とても興味がある。

安心して子離れ

東京都八王子市　織内《おりうち》美代子〈57歳〉

二十二歳で結婚、二十三歳で長女を出産。二十六歳で長男を生んだ時、うちの跡取りと喜んでくれた舅《しゅうと》。長女の時と祝い金の額が違っていた。入学の時、少し難聴があると言われ、ショックで一年くらい立ち直れなかった私。親の心配をよそに、元気いっぱいのいたずら坊主。学校や近所に、菓子折りを持って頭を下げて歩く私。坂道でリヤカーの後押しをして、袋いっぱいの果物をもらってくるような子。でも難聴で誤解されやすい子。そんな長男が可愛い娘を連れてきました。結婚しますと。

家族旅行に行った時、カラオケで照れながら歌った、初めて聞いた長男の歌。うれしくて涙が止まらなかった。結婚式の日、大勢の友人、同僚達にかこまれて、幸せな一日でした。私五十七歳、安心して子離れです。

カネオクレ

千葉県野田市　遠藤ヨシ子〈51歳〉

今年から、大学に近い所に一人住まいをしている息子から、一枚のはがきが来ました。文面は「諸事情によりバイトをクビになったので、今月分の仕送りを少し多目にしてくれると有難いです」とこれだけ。

夫がさっそく電話をする。「諸事情ってどうした。こっちも諸事情がある。うちの大蔵大臣とかわる」と言って、私に受話器をよこす。

「今、バイト探している。今月分だけ」と遠慮がちに言う息子の声に、親心が出てしまう。家計がきゅうきゅうとしているのも忘れて、うなずいてしまう。そばで夫が、昔は「カネオクレ」は電報だった、今ははがきか、とつぶやいている。そして、そのうち「カネオクッタ、コレデタクサンカ」と書いたはがきが来るのを夢にみて頑張るか、と言ったので、笑ってしまった。

少しだけ遠い人

愛知県豊橋市　折目恵子〈50歳〉

三カ月振りに息子が帰って来ました。

「仕事で豊橋に行くから、晩ごはんよろしく」と電話があったのです。

ざんざん降りの雨の中、外回りの仕事で、くつもくつしたもびしょぬれだったのでしょう、うちにあがる時、チラッと見たら、自分で持って来たタオルで足をふいて入って来ました。自分の家で気をつかうことないのに。高校生のころなら、玄関で「お母さん、タオル持ってきて」と言っていたのに。

社会人になって、大人になって、また少しだけ遠い人になったようで、母としては寂しかったです。

でも思いきり元気な声で「おかえりなさい」

遠慮します

愛知県西尾市　石川きよ江〈57歳〉

農家の嫁になって三十五年。

八十九歳の義父《じいちゃん》は、まだ車で用たしします。八十二歳の義母《ばあちゃん》は少し耳が遠いが、まだ現役。

昨年、長男に女児が誕生し、私も夫も、じいちゃんばあちゃんになった。

次男も結婚し新居を建てる計画なので、お金がいるようだ。

次男と嫁が二人でやってきて、野菜、米、それに冷蔵庫を開けては、目ぼしい物は全部持っていく。「あれもほしい。これもほしい」と言う。

私が「じいちゃんもばあちゃん（義父、義母）もあげようか」と言ったら「遠慮します」と二人は苦笑い。

最近の若者ははっきりしていて羨《うらや》ましいかぎり。

つぼみの季節

ちぎれ雲にくるまって
うたたねをしながら
野原を越えていきます
大地のあちこちからたちのぼる
つぼみのはじける音

春霞のような希望と不安が
空中に飛びだして
うたたねの夢のなかまで
つぼみ色です

——嵜　南海子

六輔談話

つぼみの季節

番組の場合で言うと、北海道放送から琉球放送まで流れていますから、北海道では雪の中、琉球放送では桜が満開というような「ずれ」があります。ですから、季節の変わり目を敏感にはがきの中から探し出すというのは大事なことです。みんなが「あ、春だな」と思っている春は別にあるんです。

つまり、桜でいえば沖縄と北海道は、五カ月の差があります。番組が春、夏、秋、冬ということを意識しながら話をする、あるいはお手紙を﨑南海子さんが選んでいくというのはけっこう難しいんですね。みんなが「いまは夏だ」と思う時期、みんなが「いまは冬だ」と思う時期は本当に狭まってきています。だからそれぞれの土地でそれぞれの春を感じているお手紙が来ると、だいたい一年中、何となくそういうお手紙がつながってしまうということが言えます。ですけれども、その中から、やはりこの国の春、夏、秋、冬というものを感じ取っていきたいと思います。

僕自身が、雪の中の北海道から石垣島に行ったら、彼岸桜なんですけれども、三月を前にしてもう全部散ってしまっているという状況と、五月も末にならないと咲かないという利尻《りしり》の桜。

何か季節感がなくなった、野菜でも何でもそうですけど、旬がなくなったというけど、日本という国は初めから旬がないんですね。どこかが春であったり、秋であったり、夏であったりするという感じを受けています。

すみれの花

神奈川県横浜市　三浦公子《ともこ》〈53歳〉

つっかけで裏に回ろうと庭に出たとたん、何かが目に留まった。えっ何だろう、と地面をよく見ると、半分土に埋れた枯葉の陰に、うす紫色の何かが。そっと枯葉をとると、小さなすみれの花が咲いていた。

思わず、我が家の小さな小さな春の一番みぃつけた、とひとりごと。


母の入院、看病、そして別れ、葬儀と過ぎ、やっと家に戻ってきた母に白梅の咲いたことを告げると、部屋にかけてある母の上着が、風もないのに大きく揺れた。きっと母が、ほんとだね、と答えたのだろう。

そして紅梅も咲き、すみれの花が咲き、春のおとずれを母が教えてくれたのだと感謝している。

しあわせのお漬け物

東京都練馬区　近藤順子〈61歳〉

八百屋さんの店先に高菜を見つけました。九州の母の顔がちらっと浮かび、思わず二束買ってしまいました。

夜、母に電話で漬け方を教えてもらい、「がんばって漬けなさい」とハッパをかけられ、さっそく洗って茎に包丁をいれるとプーンと、もろにおいしい香り。半日干し、塩でもんで漬けました。二日目は水もあがり、あくの出た水を捨てて漬け直しました。毎日のぞいていましたが、本日待ちきれず少々刻んで食べました。青々として、ご飯にまあおいしいこと。

大切に大切に、八十三歳のふるさとの母を思いつつ、春を楽しみたいと今、私は小さなしあわせに胸がいっぱいです。

そうしたくなる春

長野県上田市　関　恭子〈36歳〉

汚れた心を取り外して
洗濯機でぐるぐる回し
パンパン叩いて　風に当てる
そうしたくなる　春

破れた心を取り外して
可愛いチューリップのアップリケ
チクチク縫いつけて　出来上がり
そうしたくなる　春

白魚のくる頃

広島県大竹市　村本純子〈62歳〉

私が倒れて、救急車で病院に運ばれて六カ月目で、主人が突然亡くなりました。

主人は定年前に会社をやめ、定期を買い、毎日私の世話をしに来ていました。ちょうど春の白魚《しらうお》ののぼる頃のことです。

もう来るかと待っている私の枕元に、主人から一本の電話がかかりました。

「もしもし、お母さーん」「はーい、私です」

「何をしよるんかね。絵でも描きんさい。今日は白魚をとるから行かんけね。明日は、必ず行くからね。何を持って行こうかね」

主人が元気で私と言葉を交した最後でした。

変わらない景色

福岡県甘木市　春香

隣の県の実家に、一歳の娘を連れて久しぶりに帰った。実家の家から車で四十分もかかる市内のバス停まで、父と母で迎えに来てくれた。

なつかしい秋葉山が見えて来ると、車一台通れるだけの山道に入って行く。春雨に打たれるクヌギ林は、もう新芽が出ようとする気配が感じられる。時々、ヒヨドリらしき鳥が横切って行く。やがて見えて来た小さな畑には、取り忘れた大根や白菜の花が満開となっている。

子どもの頃から数十年、見る景色はいつの季節も変わらない。やはり、膝《ひざ》に抱いた娘が大人になっても、この景色はそう変わらないだろうと思った。

おいしい春

大分県別府市　板井武子〈54歳〉

「うど、わらび、たらの芽、蕗《ふき》、よもぎ、竹の子」

春の山にはたくさんの食材がある。私は毎年一度は春の山に入り、人が変わったように採る。一緒に行った友達が言う、武ちゃん〝さる〟みたい……。

でも私は夢中で採る。天ぷらにして食べる時のことを思うと、よだれが出そう。また、近所の畔道《あぜみち》を散歩していても春は食材に目が輝いてしまう。

「せり、つくし、ぎしぎし、雪の下、椿《つばき》」

ぜんぶ、天ぷらの材料。みんなくせのある味ばかり、それも土の味。夕食に主人に出すと、こんな草ばかり食えるかと箸も出さない。

この頃、川もきれいになったのでしょう、上流の方では川せりがたくさんもどって来た。別名、クレソン。春の川に行けばクレソンだらけですよぉ。

いちご三粒

いつも通る
田舎のちいさな駅前の
自転車置場の土の上
キラリと光る赤いもの
何だろう
真っ赤ないちごが
三つぶ　落ちていた
買い物カゴから　落ちたのか
陽を受けた　ピカピカのいちご
笑っている　いちご

秋田県大館市　野村裕子《ゆうこ》〈39歳〉

怪我と俳句

神奈川県相模原市　福田蔦恵《つたえ》〈58歳〉

雪の山梨へ法事で行き、そこで骨折してしまいました。句歴は二年です。

春雪に骨折といふアクシデント
抱きかかへられて起床の凍返《いてかえ》り
花木瓜《ぼけ》に怪我《けが》の籠《こ》もれ身悟られし
据え膳のうすき味付け春ごたつ
具の溶けし子の味噌汁の若布《わかめ》かな
身中《しんちゅう》を通り春雷《しゅんらい》腕に抜け
籠もり終へ花咲く庭をいとおしむ
深呼吸して花人《はなびと》となりにけり

ツバメのパニック

富山県東礪波郡　加藤洋子《ようこ》〈35歳〉

夜、社宅の三階の階段灯の電球がきれたので、脚立の上に乗って、暗いなか、手をのばしたら、階段灯の上に黒いものが二つ……。

「何だろう?」黒いものとお互いにじぃっと見つめること十秒ほど。

なんとツバメの夫婦だった。

ツバメさんたちは大パニック状態。チチチチーッと飛びまわって、隣りの家の階段灯にとまってる姿を見たら、心臓がドキドキバクバクしているのがよくわかる。

「ごめん、ごめんね!　おどかすつもりじゃなかったの」

電球はかえないで、そのままにしておいたら、次の日にはいなかった。

旦那に「変なやつがいたと思ってこなくなったんだ」と言われた。

そりゃそうだなあ。ツバメさんの方も眠っていた所に、ガサゴソと下の方から巨大な黒いものがヌーッとあらわれたのだから、びっくりしたんだろうね。

えっ、その後のツバメさんたちはどこに行ったかって？

ハシゴも届かない三階の階段の上の方に巣を作ってますよ。

待ちましょう

長崎県長崎市　丸尾文代〈51歳〉

あんなに咲きほこったパンジーも、花がなくなってきたので、主人に
「この花もそろそろね」と言ったところ、
「もう少し待とう、幼虫がちょうちょになるまで」という返事。
よく見てみると五、六匹の幼虫と、さなぎになっているのもいました。
それで、皆が巣立つまで待つことにしました。
どんなちょうちょになるのか楽しみで、毎日見ています。

畑の女王様

長野県上田市　林　芳子〈36歳〉

「はい！　うでわ」と言われて、私、袖《そで》をまくる。
「はい！　ゆびわ」私、手袋をはずす。
「はい！　ネックレス」私、首に巻いたタオルを取る。
「はい！　かんむり」私、帽子を取る。
五歳の末娘のコーディネートで、農作業中の私は〝白つめ草〟に飾られた、
畑の女王様に変身した。

ある日の出来事

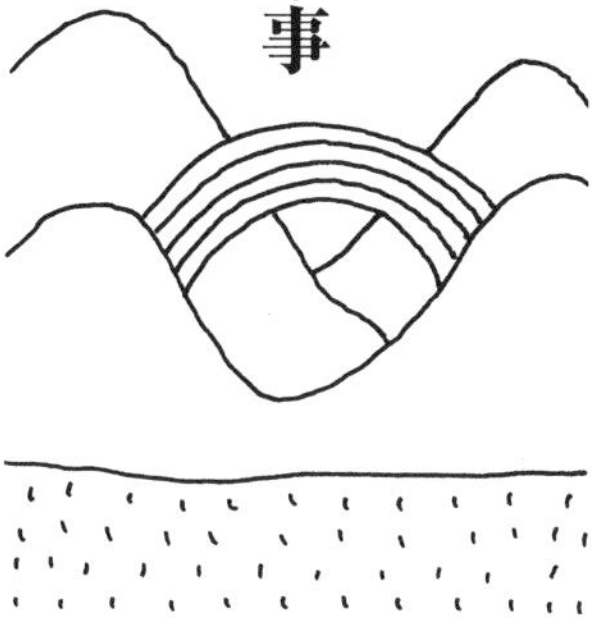

象にのって森をよこぎります
草原ででんぐりがえしをします
にがい薬をのんで
世界で三番めに高い
神々しい山をじっとながめます
谷間にかかる虹に
ありがとうと呼びかけます

体の細胞のすみずみまで使って
今日をいきています

――崎　南海子

六輔談話

ある日の出来事

おはがきの中に「小津安二郎の映画のような夫婦が」という、そんなおはがきがあります。その映画を観るときにシニア料金で、これは日本中でないのがちょっと残念なんですが、ぜひ映画を観ていただきたい。つまりどんな映画でも千円で観られるというのが六十歳以上。

大人になった時に、急に映画の料金が高くなった記憶があると思います。学生割引で観られたものが、一般料金で、急に高くなる。でもそれが、六十歳を超すとまたいきなり千円になってしまう。こういうおはがきがよくあるんです。年を取っていくというプロセスが出てくる。

この番組が三十三年続いている。つまり、三十歳の時に番組を聞き始めて、シニアになって六十三歳でまだ聞いていらっしゃるという方がよくいます。これは、ただ番組を一緒に聞いてきたというよりは、同じ時代を同じ風の中で生きてきたのと同じことです。番組の中で僕が「シニア料金で観るのはちっとも恥ずかしくないですから、堂々と千円で観ましょう」と言うと、ある時期、皆さんが映画に行ってくださるんですね。

だから放送している側の二人と……、泰子さんもそうです。年齢は言えませんが、泰子さんも絶対千円だと思います。そういう料金で見られる二人がやっている番組を、ずっと聞き続けて、同じように「あ、私たちもシニアになった。千円で映画が見られる。もう一度映画に熱中しよう」というふうに思ってくださるご夫婦がいたら、これは本当にうれしいことだと思っています。

先行投資

三重県松阪市　伊藤喜代《きよ》〈26歳〉

夫とショッピングセンターへ行った。
荷物を持った夫のうしろを歩いている私と、すれ違い様《ざま》、
二人連れのおばさんが
「今の若嫁さんはええなあ。旦那《だんな》さんが優しいて」と話しているのが聞こえた。
おばさんたちへ、
「今日、我が夫にはミックスモダン焼き一枚、生ビール二杯、砂肝炒め一皿、
CD一枚、トレーナー一着、投資してあるんですよ」

声かけられて

石川県河北郡　池田悦子〈64歳〉

八十七歳になる母が杖をついて十分の道のりを私の家まで歩いてきました。
「こんな年寄りにも、おはようと声をかけてくれた小学生がいた」とうれしそうに声をはずませた。

新聞で老人の孤独死の記事を何度も読んだ。
四世代が同居している母でさえ、声をかけられるとそんなにうれしいのかと改めて考えさせられた。

近所のお年寄りに、これからはもっと声をかけなければと、母のひとことから学んだ日でした。

バス停

神奈川県大和市　杉浦侑子《ゆうこ》〈56歳〉

雨の強い日、なかなか来ないバスに皆いらいらし、口々に「何かあったのだろうか」といった表情の時。

私のすぐ後ろに居た七十歳前後のご夫婦も、

「どうしたのでしょうね」

「事故でもあったのでしょうかね」と静かな声での会話。

聞くともなく聞いていたのですが、ご夫婦ともことばづかいが美しくて、ふっと小津安二郎の映画を観ているようでした。色々話しかける夫人に静かにうなずくご主人の様子は、佐田啓二のようにも思えました。

私もこんなふうになりたいと願っていました。

泣きたい

東京都江東区　佐藤　薫〈48歳〉

泣きたい。いま、おもいっきり泣きたい。
泣き場所を探して、自転車で走る。
ウォークマンから流れてくる音楽をききながら、心の中で泣く。
泣く場所はどこにもなかった。
家に帰って夕食のしたく。
何だ、たいしたことないじゃないか。
たったそれだけのこと。

漬物石と洗濯機

埼玉県深谷市　浅見幸子《さちこ》〈64歳〉

アーア　やっぱり止まってしまった　もう十年ちかく使っている洗濯機
二、三日前から音がたよりなかったけれど　そろそろ疲れてきたのかな
動いてよ　お願い　あちこち叩いてみたけど　ビクともしない
修理するより買い替えどきかも　今度は全自動かな
しかし今　この洗濯物を手で絞るのは大変なこと
ガッカリして脱水槽の蓋《ふた》に両手をおいたとたん　静かに回りだした
けれどいつまでも両手で押さえてはいられない
ヨーシ漬物石をのせてみよう　回る回る　リズミカルに　すこぶる快調
ありがとう　せめてボーナスまでがんばってね
今日も蓋の上に漬物石をのせて　脱水槽が回る　回る

怒って!!

愛知県名古屋市　梅村尚《なお》子《こ》〈51歳〉

小学三年生の息子は、ただ今、第何回目かの反抗期のようです。五年生ぐらいになると落ち着いてくると聞いていますが……。

ある日、また言いたいことを言いはじめた息子に、私は、

「母さんは、今日から、絶対に怒らないから。シゲの言うことは何でも聞くから」ちょっと間を置いて、やさしい声で、

「何してほしいの？」と顔をみつめると、口をへの字にギュッと結んでいて

「怒って!!」と言いました。

そして、みるみる眼が涙で一杯になりました。私の眼にも涙です。

「怒っていいのね」

息子を力一杯抱きしめました。

ある日の差し入れ

茨城県水戸市　柳田邦子〈54歳〉

友情の色ってどんな色をしているのでしょうか?

私、何年かぶりで熱を出しました。何も食べられずに寝ていると知った友人が夕方、車で三十分もかかる所から、サラダと、まだあたたかいスープと、海苔《のり》のおにぎりを作り、「早く治って」との手紙をそえて、玄関にだまってそっと置いていってくれました。

それを見て涙が出ました。人間ってこんなうれしい事があるかぎり、生きる事をもったいなくてやめられないなぁと思いました。

人生はたった一度きりだからこそ、いい人とめぐり逢いたいとも思いました。

今、わかりました。友情の色が何色かが……。きっと人生のうれし涙の涙色なのかもしれません。そう思いませんか?

海はきらきら

和歌山県有田郡　佐藤美知子〈45歳〉

ウイークデイの観光地　海の見えるレストラン
ウエイトレス五人に客二人
にぎやかに高笑いしているのは店員で
ひっそりと向かい合っているのは中年の夫婦
テレビが大相撲初場所をやっている
料理を待つ間　熱心にみていると
突然　若いウエイトレスがつかつかと来て
「相撲なんてつまらない」と言いながらスイッチを切ってしまった
夫婦の視線は冬の海に向けられた
荒れていたが　海は陽の光にきらきらと輝いていた

神様からの課題授業

埼玉県秩父市　内田久子〈36歳〉

「セーフ!」「アウト!」大きな声と身振りで、塁審に初挑戦。地元子供会のフットベースボールに末娘が通い始めて三年。「今度、審判をやってみて下さい」とチームの監督さんから言われ、ドッキドキ、ハラハラで試合に出た。同時はアウト、球が腕から落ちたらセーフ。「自信持ってやって下さい」と主審の方に言われ、何回も深呼吸した。

子供の頃から、結論を出せずにグズグズして、人のあとにくっついてきた性格。そんな私が瞬時に判断し宣告しなければならないのは、人生の中でもっと自信を持って自己主張しなさいよ……という神様からの課題授業なのだろうか。空の下、子供達の歓声を聞きながら、ふと思った。

これが更年期

山形県米沢市　伊藤美千代〈48歳〉

母娘二人きりで生きて来て、十三年目。それは突然にやって来た。眠れない、不安、イライラ、寂しさ、エトセトラ……。今まで強気で生きて来た私には、自分自身で整理できない情緒障害。もう一カ月にもなる。

ある日曜日の早朝、涙が止まらない、何をする気にもならない。一緒に生活をしている時はケンカばかりしていたのに、娘に逢いたい。その感情を押さえ切れず、都会の学校に出ている娘に電話をした。しゃくりあげながら話す母に、娘の話す感触が優しい。やっと落ち着き、少々元気になる。そろそろ素直に認識しようか！　わたくしただいま四十八歳、更年期真っ只《ただ》中《なか》。認めたらだいぶ楽になった。頑張れ、おばさん！

働く背中

山形県山形市　奥山由美子〈45歳〉

畳にごろんと寝ころんで、小さかった頃のように天井を見つめていたら、印《しるし》半纏《ばんてん》の父の顔、日に焼けた伯父の顔、しゃがれ声のそば屋のおじさんの顔、おさげ髪の従姉妹《いとこ》の顔、ばあちゃんの顔が次々と浮かんできました。いきいきと働く背中があったたかかった人達。今はもうこの世にはいない人達です。働いて一日を乗り越えるのがやっとの状態が続く中、子供達が次々と問題を起こし、それでも働き続ける自分はいったい何なのか、息を吸うのがやっとの私を、皆が笑いとばしてくれました。達者がなにより、働ける内が華《はな》よ。ふるさと、東京からのからっ風がヒューと吹いて、重たかった心が青い空にふっとんでゆきました。大きくひとつ息をして、さあ、また始めましょう。元気に働く母ちゃんの背中だけしか、今は子供達にあげられないから。

切り取った絵のような光景

愛知県江南市　古田悦《よし》久《ひさ》〈37歳〉

久しぶりに電車に乗る。

となりに立っていた人が、何かしきりに指を動かしていた。よく見れば、それは小さな折り鶴であった。

小さな箱から小さな折り紙を取り出し、小さな鶴をさらりと作ってまた箱へ納める。

ゆれる電車の中で二十分ばかりのうちに生まれた五羽の鶴は、その人と一緒に降りた。

なにを思うか、なにを願うか。

その指先に祝福を。

ふたり暮し

となりを歩く人の鼓動が聞こえます

平行して　山や谷を越えていく二本の道
一人ずつが自分を背負って
それぞれの道をきりひらいていくから
となりを歩く人がなお大切なのです

二人はふと顔を見あわせ
おなじことを考え
ふとほほえみが涌きあがります

——﨑　南海子

六輔談話

ふたり暮し

おはがきの中にしばしば登場します、この「ふたり暮し」。子供が巣立っていく、たとえば娘がいて、婿が来てくれるといいなと思っていたのに嫁にいってしまったというおはがきは、いままでに何度も読んでいます。そしてふたり暮しでハッピーエンド、ではないんです。

ふたり暮しはいつかひとり暮しになって、そのひとり暮しの最期をまた誰かに看取《みと》られて、ふたりともいなくなるという。「老い」というのはそういうものです。

だから理想的なふたり暮し。そしてそのあとに残っているひとり暮しがどうなるかということを、ふたり暮しの時から、そんなに毎日話をしていると憂鬱《ゆううつ》になりますから、時々映画を観る、芝居を観る、あるいはコンサートに行く、どういうきっかけでもいいですから、ふたり暮しになった時に、ひとり暮しのあり方というものを両方で覚悟しておく。

いきなりひとり暮しになって、つまりどちらかが亡くなってという状況で、おじいちゃんが亡くなる場合はまだいいんです。おじいちゃんが亡くなるとおばあちゃんはだいたい若返ります。おばあちゃんが亡くなると、おじいちゃんはすぐ後を追います。そういう意味で言うと女は図々しいと思いますけれども。どちらにしてもふたり暮しが楽しいという裏側にはひとり暮しが待っている。そういうおはがきを読むと、同じような境遇として、しみじみと読ませていただきます。

念のためですが、遠藤泰子さんはずっとひとり暮しを楽しんでいます。

妻の定年

大分県日田市　坂本正美《まさみ》〈65歳〉

妻が定年退職で、最後の勤めを終えて帰る日の夕方、ひと足先に帰宅した私は、近くの交差点まで彼女を迎えに行く。

徒歩で数分もするとその交差点だ。

妻を迎えに出るなんて、何年ぶりのことだろう……。

そんなことを考えながら、信号待ちをしていると、向かい側の人垣から、こちらに手をあげる者がいた。彼女だ。

周囲の視線を気遣《きづか》いながら、軽くうなずく私。

――長い間、ほんとうにごくろうさま。

今夜は缶ビールで祝杯でもあげるか……。

これからも一緒

千葉県鎌ヶ谷市　大島千世子〈47歳〉

ある夜、一度話しあっておきたかった年を重ねた二人の暮しのことをきりだした。「その時が来たら考えればいいさ」てんで問題意識のない夫。

心も健康のことも経済面も、準備できることはしておきたいのに。

翌朝、夫の嫌いだというオードトワレを派手にシュッシュッとつけた。

玄関で夫が「あなた好みの女にはならない君と、今もこれからも一緒。頼りないけれど僕がいるよ」と……。

心の中に突然、「今日を生きよう」というフレーズが閃《ひらめ》いた。

それはファンファーレというより口笛のようにやさしく聞こえました。

おこづかい

北海道磯谷郡　谷内ひさ子〈55歳〉

「お母さん、おこづかいやるよ」「えー、なんで」「お給料もらったから、少しだけど」そう言って夫は五千円さしだした。思いがけない言葉に胸があつくなり、涙がこぼれそうになる。「いいのよ、気持ちだけで」

定年になったら、二度と仕事はしない。そう言っていた夫が、ハローワークで見つけた、今までと全く畑の違う仕事をはじめた。気苦労もあるし、肉体的にきつい事もあるようだ。でも毎日がんばっている。

二度目のお給料日は一万円もくれた。私はありがたく、ありがたく受け取った。ところがです。三度目のお給料日が何日もすぎたのに、×《ばつ》なのです。どうしたのかなー。心ひそかに待っている私です。

海外のお父さん

愛知県西加茂郡　孕石《はらみいし》せつこ〈50歳〉

ぷるるん。

受話器を取らずに、「おはようございます。行ってらっしゃい」

ぷるるん、ぷるるん。

また受話器を取らずに、「お帰りなさい。今日も一日元気で、お仕事ご苦労さまでした。ありがとう、お父さん」

私の心の和《なご》む時間です。

毎回電話を取ると大変な料金になってしまうので、我慢です。

遠いね、父さん。海外は。仕事は楽しいよ、と話す父さんの顔、なによりです。頑張って下さいね。今度帰って来た時が私達のお正月ですね。おいしいおつけもの作っておきますよ。

あれとこれの会話

静岡県藤枝市　成岡《なるおか》初容《はつよ》〈47歳〉

「今日、帰りにあそこに寄って、例の調子で話が進んでさ」

「で、どうなったの」「いつものことで終わったよ。まあ、そんな訳さ」

そんな訳と言われても、どんな訳か、本当はわからないが、何の違和感もなく普通に繰り返されている夫婦の会話。しかし、固有名詞が極端に少なくなって来ていることに気付く。「老い」の二文字を感じるのは、こういう時なのかと思うが、二人とも何ら不自由を感じていない。単に「単語」が出てこないだけのことである。でも私達はまだ五十歳前。

「早過ぎますよねぇ。これからは、言葉をはっきり話しましょう」

「そうだなぁ。気を付けよう。えぇと、それよりそこからあれ取ってよ」

爪切りを取り出している私である。

チラシの裏にラブレター

東京都府中市　鈴木蓉子《ようこ》〈73歳〉

夫は、一杯飲んでご機嫌で早々《はやばや》と寝室に去る。

寝つきの悪い私の夜はそれからが長い。

そこでチラシの裏に、夫宛の手紙を書く。軽い頼み事から、政治、社会時評みたいなものまで。

このところ老化現象で自分の話し方がまどろこしい。書いた方が、思ったことをきちんと伝えられる。それに、面と向かっては素直に出せないゴメンナサイやアリガトウも、書くのなら大丈夫。

来年は結婚五十年。

「愛してまぁす」なんて、ハート印つけて書いちゃおうかなぁ。

結婚二十年目の「ありがとう」

富山県砺波市　端保《たんぼ》八郎〈48歳〉

彼女と出会ったのは今から二十二年前。

私は富山から友人と二人で、彼女は和歌山県からバスツアーで来ていた岐阜県のスキー場でした。

初めて見た瞬間、若い女性は何人もいたのに、なぜか彼女だけが透き通ってボンヤリと輝いて見えたのが不思議でした。

それから遠距離交際をへて、家無し、金無しの何も無い自分に、温暖な地のミカン農家から嫁いでくれました。

嫁いだ年の暮れ、初雪で雪だるまを作ってはしゃいでいた彼女でしたが、年が明けていきなりの豪雪、お腹に赤ちゃんを抱えての穴ぐらのような生活はさぞや大変であったろうと思います。

この春は結婚二十年の節目の年。

二人の息子にも恵まれ、小さなマイホームを持つこともできました。

今ではすっかり富山の人になりきり頑張っている彼女に、何もしてやれない自分ですが、唯一《ただ》つの贈り物は「ありがとう」の心からの気持ちです。

自分が子供を持って分かったことは、大切な娘を縁の無い遠い土地に嫁がせてくれた両親の決断は大変なものであったろうと、今更ながら感謝の気持ちでいっぱいです。

年老いた両親の作ったミカンが今年も届きました。

代わって

福島県会津若松市　小原《おばら》　晃《あきら》〈48歳〉

もともと娘と話すことの苦手な私。今朝、カナダに行って二カ月になる娘から、何度目かの電話がありました。いつものように家内が取り、一人で話し、電話を切りました。今朝はそのことが原因でめずらしくもめました。いつまでもブツブツ言っている私に家内もカチンときたのか、「楽しく話していたのに、そんなこと言われたらなんにも話せやしない。話したいのなら、壁に電話番号も住所も張ってあるもの、自分から連絡したら」と怒っている。彼女と結婚二十六年。長い経験から、こういうときはこれ以上何も言わないほうがいい、と黙ると、「あら、アンタ逃げるの。あなたは昔からどこか変わっていたものね」とツブシにかかる。私は、電話の最後でいいから「お父さんと代わるね」とひとこと、言ってほしかったのです。

四十年目の夫婦

岐阜県本巣郡　宮崎文子《ふみこ》〈62歳〉

雨の近い朝、「足が痛い」と主人に云えば、「俺もだ」と返す。

二人とも同じ食事で四十年のせいかと落ち込む。

若い頃、一キロ離れた所の電車の音がよく聞こえるので、明日は雨かと云っていたのに、今は耳は聞こえず、体で雨が分かるとは。また落ち込む。

それなりに暖かい日は、図書館へと誘う主人を横目に、ゲートボールに行く老女です。

ずっと、ふたり暮し

長野県長野市　高橋香代子〈50歳〉

物置を片付けていましたら、三十数年前、主人とかわした手紙が百通ほど出てきました。今のラブレターといったものでしょうか。思わず読みふけってしまいました。

結婚して三十年もたつと、お互いに刺激もなくなり、ただ空気と水といった関係になっていました。ところがその手紙が、砂漠のオアシスになり、少々心がときめいています。

ある人は言います。年取ってあまり仲が良いと、どちらかが欠けた時、淋しくてたまらないから、なかよくしない方がいいと……。

でもこの世の中で出会えた、たった二人の男と女。

命の限り、なかよく年を重ねていきたいと思う今日この頃です。

水に小石を

埼玉県日高市　工藤和代〈62歳〉

結婚して三十五年あまり。

南津軽出身の夫と、東京育ちながら山口県出身の両親を持つ私。

本州の端と端、食文化を始めとして、文化のぶつかり合いが沢山有ると思っていたのに、本気でぶつかっていなかったように思う。津軽弁でまくしたてるけんかなどしたことのない夫は、本心をさらすことなく、心の中に閉じ込めてきたのではなかったか？

人生も折り返し点をだいぶ過ぎて、大事な時間なのに、もっともっと、ガンガンぶつかりましょうよ、と夫に言ってみようかしら……？

思ってもいなかった夫の病気が、来し方行く末を考えるチャンスになりました。小さい子供の頃のように、水に小石を投げてみたい私です。

花咲く家で

山口県美祢市　末永敦子〈67歳〉

三人の子供がそれぞれ家を持ったので、ようやく老夫婦の家を建てた。朝日の当たる南向きの小さな家は、二人の理想どおりに。狭いながらも草花を一杯に咲かせた。

芽の出始めに大切に丁寧に水やりをしていると、近所の奥さんが来て、「これ、雑草じゃない!!」「えっ本当?」と私。「でも、もう少し育ててみたいから……」と大笑いでした。

七十三歳の夫は「この年になって、こんなに生き生きと動くおまえを見るのが一番幸せだ」と云ってくれます。

あと何年一緒に生きていられるだろうかと、ふと思うことがあります。

「ありがとう、あなた」

皿洗い

埼玉県草加市　戸村トヨ子〈60歳〉

運動のために、一日二十分ほど立ちっぱなしをすると体にいいと聞いたことがある。そこで運動ぎらいの七十歳を越した夫に、台所の後片づけを頼んでみた。快く引き受けてくれ、せっせと皿洗い。私はてっきり私と同じ洗い方をするものと思っていた。ところが夫は、水道を大きくひねり、まず皿のよごれを洗い流す。それからたっぷりの洗剤をたわしにぬりこめ、泡を飛ばして洗いはじめる。今度はおもむろにその泡を流す。

「水量は適当に、洗剤はごくごく少量で地球にやさしい方法で洗ってね」と頼むと、「そんなにうるさいのなら洗わない」とすねてしまう。その上、皿洗い器を買おうと云い出す。私の気持ち、わからないのかしら……しかしまあいいか、運動の一環になるのならと、思いを沈める。

元気な季節

街が
太陽の光をたっぷりとすいとりました
ガラス窓というガラス窓が
季節を乱反射します
森が
ふううと緑のため息をはきだして
ひとまわりふくらみます

あらゆるものから光をもらって
旅人は道を踏みしめ
その影は深くなっていきます

——崎　南海子

六輔談話

元気な季節

お手紙やおはがきの中に、たとえば学校の夏休みというような、若い方が聞いていらっしゃる場合はそういうことがあるんですけれども、多くは、夏休みの間、孫がやって来るというケースが多いです。孫というのは来て欲しいんだけれども来れば疲れるという、とても複雑な状況があって。でも会いたい、会うけれども、孫が来るとおじいちゃん、おばあちゃんはくたくたになってしまう。

早くこの孫が帰って欲しいというのが、多くのおじいちゃん、おばあちゃんの感想です。

ここではっきりと、この夏は孫を拒否してしまおう、自分たちこそ出かけてしまおう、というような冒険を、そろそろして欲しいと思うんですが、多くのおじいちゃん、おばあちゃんというのは孫の愚痴《ぐち》を言いながら孫を待っているんです。その気持ちもよくわかりますけれども。「子離れ」「親離れ」という言葉もあるように、やはりある時期、「孫離れ」というのを、この夏、してみてはどうかなと思うんです。

夏というのはわりあい、お祭りのほかにもいろいろな行事があったりしますから、一人孤独になってしまうというケースは、あまりないのです。これが秋になると、ひょっとすると一人旅で涙ぐんだりするような雰囲気がありますけれども。にぎやかな夏、みんなが元気な夏に、元気な証拠に孫離れをする。そういうきっかけをつくってみてはどうでしょうか。

末は博士？

岩手県盛岡市　吉田みち子〈40歳〉

我が家の三歳八カ月の息子は朝起きると、

「きょうはなんのお仕事？　どこの畑へ行くの？」と私の一日の予定を聞きます。

なにしろ息子には楽しみがあるのです。山の畑に行くと、いろんな花や草がいっぱい。見たことのない花や虫を見つけるのが彼の日課です。

昨日は、りんご畑で、紫の踊り子草の群れの中に白い踊り子草を発見して、驚いたり喜んだりです。

花と虫の本をいつも離さず畑をとび回っている息子を見て、

「このわらし、おっきくなったら博士にでもなるんだべか」とおじいちゃん。

「大丈夫、心配しなくても、そのうちただの人になるから」と私。

男らしいシーズン

埼玉県上尾市　山田キミ子〈54歳〉

今年も、おいしい新茶の季節が来た。

たたきあげのお茶職人だった、亡くなった父を思い出す。

一番茶の今頃は、特に日が昇る前から起き出して機械に火を入れ、昨夜までに買い取ったお茶の生葉をふかし、もみ、乾燥させて……と幾つかの工程を経て、あのうまい新茶ができ上がる。一番茶が勝負と、元気あふれた働き盛りの父の、それは男らしいシーズンの到来だった。その一番茶の収益が、私達大家族のほぼ一年間を支えてきたのだから、たいしたもの。

毎年このシーズンが来ると、九十三歳の母も、私達姉妹も、誰もが父を思い出す。

無口で頑固だった父は、今でも皆の心の中に生き続けている幸せな人である。

若葉の風

大分県別府市　森澤佳乃《よしの》〈76歳〉
スーパーの帰り
櫻《さくら》並木の土手を通った
若葉がさわさわと風に揺れここちよく髪をなでる
おもわず目をつむっておおきく息をした
荷物をすとんと置くと
両手を高くさし上げ
〝うーん〟と背のびした
零《こぼ》れ陽《び》を瞼《まぶた》に感じた　欲も得もない
となりの小学校からチャイムが鳴った

キューイフルーツ

神奈川県愛甲郡　熊沢　実〈73歳〉

晴れた日の午後、中学三年生の孫が「おじいちゃん、僕、アルバイトしたい」ポツンと言った。何か出来ることある？

私は、そうだなぁ、何か出来る仕事……、そうだ、今日中におばあちゃんとやろうと思っていたキューイフルーツの交配。雄花の花粉を雌花に受粉させるのだ。「あ、それは学校で教わったことがある」

話が決まり、すぐ車でキューイのある畑へ。花は満開。受粉には丁度いい時期。作業は一時間ぐらい丁寧に行った。

「良くやってくれたね、バイト料はずむよ」ただお金をくれるより働いて貰うお金、労働賃金。

二人とも、気持ちのいいやりとりの夕べでした。

花のおっかけ

埼玉県岩槻市　富《と》樫《がし》二《ふ》三《み》子《こ》〈54歳〉

長野のあんずの里は、一週間前が満開でした。
西新井大師のぼたんは、前日の雨でだめでした。
館林のつつじは、入園料がただになってました。
与野のバラ園は、ほとんどが散っていました。
今年の花おっかけは、全部はずれでした。
でも今、我が家の狭い庭ではゼラニウムが満開です。

文句なし！の孫

北海道江別市　蛭川《ひるかわ》剛之《たかゆき》〈67歳〉

北海道の運動会は、ライラックの咲く頃に開催される。

一年生となった孫娘は駆けっこが得意である。

娘が二十歳になった時、こう宣言しておいた。

「お前の相手は絶対にスポーツマン。それも団体競技に限る」

それから何年かして現れた男は、中学で野球、高校でラグビー、そして百メートルは十一秒を切ったとのこと。

こっそり北海道年鑑で調べたら名前があった。

「文句なし」

運動会の華《はな》、全校リレーで孫が走っている。

徒競走でいつもビリだった私は、妻の大きな声援をよそに黙って見ていた。

風鈴

この夏は風鈴を吊《つる》しました
南部鉄の風鈴を買ったのは三十年前
八歳の娘と三歳の息子を連れて
連絡船にも乗っての
北海道家族旅行の帰りです
列車が盛岡駅に入ると
ホームいっぱいに吊された風鈴が
みごとなハーモニイで迎へてくれました
窓から身を乗り出して眺める子供に
「父さんが買って来てやる！」と

愛知県海部郡　庭本《にわもと》敬子〈63歳〉

わずかな停車時間に
夫はダッシュして求めて来てくれました
昨年は初孫誕生　息子の結婚準備で
すっかり忘れてた風鈴を
短冊を取り替へ吊しました
夫との二人暮しの我が家に
リーンリーンと鳴りました
そして私には
若かりし頃の夫のあのダッシュした足音も聞こえました

冷たい噴火

群馬県甘楽郡　関　雅人《まさと》〈40歳〉

プール帰り、食堂に寄った。

昔ながらの器械で氷をかいていた。

ガリガリ、シャカシャカ。

ガラスの器にみるみるできる雪の山。

背伸びして見ていた我が息子。

「わぁ、浅間山だぁ」

イチゴシロップをかけると、

「噴火したぁ」

店の人が「にこっ」と笑った。

深夜のジャンケンポン

東京都東大和市　石山寿子《ひさこ》〈51歳〉

夫「おい、ジャンプがおしっこだって」
私「ジャンプは、あなたが連れてきた犬なんだから、あなたがいってらっしゃいよ」
夫「じゃ、ジャンケンだ」
私「ほいきた。ジャンケンポン。あいこでしょ。勝った、勝った」
夫「もう、仕方ないなあ」
と、にが笑いの亭主どの。クーラーのきいた部屋からまだ熱気の去らぬ外へと、犬を連れ出しました。
五十歳を過ぎた夫婦の深夜のジャンケンポン。なんとまあ平和なことです。

しぶめの八歳

群馬県桐生市　蓬田《よもぎた》明子〈47歳〉

私は、時々小学三年の娘と気まぐれ句会をやります。時には車中で、夕べは布団の上でやりました。子供の感性って目を見張るものがあります。

「夏の夜　網戸に止まったバッタさん　秋を運んでくれました」

二人で入浴中の光景でした。

「おひさまは　メイクをとると夕陽顔　まっ赤になってるよ」

夏の盛り、車中の作は、

「人生は　はじめの一歩　二歩三歩」

思わず、ずいぶんしぶいねと言うと、水戸黄門を見ていて考えたんだ、とのこと。

しぶめの八歳で末娘、心を通わすひとときです。

迷う夏

東京都墨田区　伊藤直子〈51歳〉

母の名を　下着にしたため　迷う夏
決めかねる　思いたたんで　夏支度
（なれぬ俳句など作ってしまいました）

一週間の入院後、急に痴呆が進んでしまった八十七歳の母。三女である私の家族のところへ来てもうすぐ五年、たばこを吸い、じっとしていられなくなった母。二人の姉と迷いの末、老人ホームへの入所を決めました。探し歩いて決めた、川沿いのホームから見える風景は、母が結婚したての頃にいた風景に似ている、そんな気がするのは、私達の気休めでしょうか。暑い夏は終わるけれど、迷いの気持ちは終わりがないのかも知れません。

お義姉さんの枝豆

千葉県松戸市　池亀《いけがめ》レイ〈53歳〉

主人の姉からダンボールいっぱいの枝豆が届いた。

さっそくゆでようと、箱に手を入れ、びっくり。思わず手を引っ込めた。

「つるっとして冷やっとして」この感触は、何だ！　おそるおそる箱の下の方を確かめた。

なんと、正体は、土まみれの穴のあいたビニール手袋。畑から採ってきて、少しでも早く送ってあげようと、急いで荷造りをしたのでしょう。

毎年、たくさんの枝豆をありがとう。今度、新しい手袋を送ります。

季節の変わり目に

茨城県牛久市　今井愛子〈41歳〉

夏の間、涼を楽しんだ風鈴をしまい、すだれをはずしました。

とたんに明るくなった部屋に、一瞬裸の自分を見られている気がして、とまどった私です。

これからは日だまりが恋しくなる一方。朝夕涼しくなったこの地で、福井と青森に住む私たちの両親を思ったのは、日に当ててふかふかになった布団の温もりを感じた時でした。

バイクと軽トラックで仕事に向かう義父《ちち》と父。

無事な帰りを待つ義母《はは》と母。

そしてまた、私も単身赴任の夫の身を案じる日々。

季節の変わり目にいつも故郷が思い出されます。

旅して

北の町で
機《はた》織《お》りをするおばあさんに会いました
隣町より遠くへ行ったことのない
おばあさんがただにこりと笑うと
そこに宇宙がありました

私はひっしで
地球のあちこちをながめながら
自分の宇宙を捜しています
自分で選んだ方法だから
今日も遠くまで旅しています

――崎　南海子

六輔談話

旅して

おはがきをいただくと、特に女性のほうが多いんですけれども、「北海道から九州に嫁に来て」とか「能登半島で育ちましたけれども、紀伊半島で暮らしています」という方がいます。昔と違って、同じ場所で生まれて育って、そこで最後まで暮らすということは、そういうことをしてきたおばあちゃん、おじいちゃんはいますけれども、これからの場合は少なくなりそうです。たとえばどこの学校へ行きました、結婚してどこへ行きました、ましてや新婚旅行は外国へ行きましたというふうに、過去に比べると、明治、大正、昭和の初めから比べると、とんでもないぐらい遠く、数多く旅をしている方が多くて。

〈七円の唄〉にはその旅先からというか、帰ってきてからのおはがきというのが比較的多いんです。多いんですけれども、現実問題として、旅先でいま少なくなっているものの一つに絵はがきがあります。もう何十年も前の絵はがきを依然として売っているところがあるのは、よほど売れないからそれをまだ並べているんだと思いますけれども。

なかなか絵はがきを書く人がいなくなって、もちろん電話の人、Eメールの人、そういうかたちで報告ができますけれども、もう一回、旅に出かけた場合に、必ずその土地の絵はがきで、必要がなくても出せる友達を何人か持っていて、その中の一つが〈七円の唄〉。誰にも出すところがなかったら、〈七円の唄〉に旅先からの絵はがきをください、ということをお願いしておきます。

ふるさとへの旅

岐阜県大垣市　松村久子〈51歳〉

すっかり様変わりした古里で、神社はそのままです。
拝殿は当時、村の子供達の雨天遊戯場でした。
昭和二十七年四月、小学校の入学式に出かける時、「お賽銭《さいせん》だよ」と母から
渡された五円玉を、そうっと自分のものにした。
どうしても欲しかったビン入りのニッキ水は五円。
やっと手にした瓢簞《ひょうたん》型のビンに気を取られ、つまずいて転んで、ガラスが刺
さり血が流れ出た。
右手を広げると、その傷跡は今でもはっきりと残っています。
誰にも言えず、仕舞ってある私の秘密。両親も知らないまま逝きました。
「永い間ごめんなさい」賽銭箱にお賽銭を入れて頭を下げました。

祖父母の暮らす島

沖縄県沖縄市　浜川千枝美〈42歳〉

息子が、今年三月に高校を卒業して、横浜へ就職のために旅立つ。夫が、私と三人の子ども達の元から出て行って、十四年と半年。その夫の生まれ育った島を見てみたいと言うので、夫の両親の住むその島へ行かせた。県内とはいえ、飛行機での初めてのひとり旅、まして記憶もかすかしかない祖父母を訪ねてである。

夜、無事についたと島から電話があり、久々の孫との再会に、祖父母は泣いて礼を言ってくれた。何となくひとくぎりがついたかなという気がした。十四年半、子ども達と懸命に生きて来たその心のかたすみに、いつの間にか育ってしまった、夫に対する美化された恋心からやっとぬけ出せたような気がした。

川の字三姉妹

埼玉県川口市　林　千代子〈51歳〉

六十歳、五十五歳、五十一歳の三姉妹が、久しぶりに川の字になって寝た旅の宿。

子供の頃は私がまんなかで、両側に姉たちがいた。

本を読んでくれたと思う。

昔話もしてくれたと思う。

歌もうたってくれたと思う。

私は末っ子でまだ幼かった。

父は早くに亡くなり、住込み家政婦をしていた母に代わって、親代わりの姉たちだった。

そんな子供の頃を思い出しながら、姉のいびきをきく。

青い空の越前海岸

福井県足羽郡　土田もと井《い》〈65歳〉

春の海
おだやかな海　青い空を見たくて　雪の山里から走ってきた
岩場でたわむれる海鳥にカメラを向けている人
水仙畠の角で海を眺めながら　リュックとゆのみを横に本を読んでいる人
ベンチで仲良く青春を語っている若者たち
岩の上　こけてもこけても思う場所を目指す釣り人
お顔には九十歳と書いてあるおばあちゃんに
息子さんでしょう　耳元で説明しながら水仙ランド見学　頭が下がります
水仙を売っているおばさんから　私もらいました　幸せと水仙
軽トラで白髪を忘れて夏にも行きたい　越前海岸

外車ドライブ

群馬県群馬郡　大塚きみ子〈56歳〉

「東京駅から車ね」と、娘の運転で箱根に行って参りました。

借り物のベンツです。外車に乗るなんて初めて。もしも、のことを考えると怖い!!　憂鬱《ゆううつ》な雨空も晴れて海沿いの道は涼風、車のことを考えなければ気分は最高。

「せっかくだから」と走る旧道の曲がりくねった道は、もう緑、みどり。

「もっと広い道は無いの?」対向車に終始どっきり。

芦ノ湖は輝き、富士山は白い頭、色とりどりのつつじの花盛り。

トンビの影がつつじの山に映って、娘には感謝、感謝。

でも今度行く時は、電車の踊り子号の方が良いのですけれど。

おふくろさんがゆく

宮崎県北諸県郡　中山英子《えいこ》〈44歳〉

夫と二人、二十二年ぶりの新婚旅行以来の旅です。といっても、主人は出張の帰りを利用して、姫路に住む大学生の長男の下宿訪問。私は主人に合わせて、三カ月ぶりだけど顔を見に行きます。

今から心うきうき。ついでに二人だけで、京都、奈良の観光。神戸の港の散歩もいいな……。

でも、洗濯、片付け、掃除、久しぶりのおふくろの味つくりが待っているから、下宿からどこにも行けないわね、きっと。ちょっと残念。

二泊三日の掃除と料理の旅になりそうな予感。

旅路の息子

栃木県足利市　今井ふみこ〈51歳〉

「ヘルメットを盗まれた。局留めで送ってほしいんだけど、今青森なんだ」と、バイクで北海道に行った息子からの電話。どうやら途中で、ねぶた祭りを見て行こうということになり、そこで盗まれたらしい。

翌日、汗だくになって荷造りし、「さぞかし困っているだろう」と思って、速達にしました。

二度目の北海道。この日のために二つのアルバイトでせっせと資金づくり。

昨年は途中で資金が底をつき、稚内《わっかない》の鮭の加工場、十月には富良野《ふらの》の人参畑で収穫のアルバイト。しかし、北の大地の冬はかけ足でやってきて、二度雪が降ったとか。さまざまな出来事も後になれば皆楽しい思い出。

さて、今年はどんな旅になるのでしょうか。

夜行列車で

埼玉県越谷市　大沼雪子〈48歳〉

十和田湖《とわだこ》・湖水祭に合わせての「高校卒業後の三十周年記念クラス会」泊まりがけなので、修学旅行の再来。しばらく使っていなかった津軽弁のカンを取り戻そうと伊奈かっぺいさんのＣＤを聴きながら、荷物の点検をしたり、久々のひとり旅に心おどります。

大宮から、夜行列車「はくつる」に乗車。早めに行ったので、同じホームから発車する「あけぼの」を見ることができました。奮発したＡ寝台は快適でした。眠りが浅く、岩沼あたりで目が覚めてしまった私が、このはがきを書けるのも洗面台兼用のテーブルのおかげです。

夜行列車に乗るたびに、幼い子四人と妻を伴って、東京から青森へ赴任してゆく父の気持ちがどうだったのか、暗い窓の外を見ながら思っています。

父子で歩く縦走路

東京都昭島市　山口　司〈49歳〉

自分が二十五歳の時、父は五十歳。今の私くらいの年齢である。

その数年前に父とテントを担いで北アルプスを縦走した。

父の不精髭《ぶしょうひげ》が白くなっていることに気がつき、年齢を感じた。


今の自分はその頃の父の年齢を上回ってしまったが、まだ息子と登らなければならないそのコースを残している。

重い荷物を担いで行く北アルプスは、もうかなりきついコースに違いない。

息子が大学に入ったら、日程に余裕を持たせ、軽い装備にしてその長い縦走路をたどり、槍ケ岳《やりがたけ》山頂に立つ。

槍ケ岳は私がもっとも好きな山で、天を突き刺すまでに聳《そび》え立つその孤高の姿は、青春の頃、単独で初めて登った時から私の生き方に強く影響を及ぼしている。

たとえどんなに時間がかかっても、私の人生は、昔父と歩いたその縦走路を息子と一緒に歩かなければ完結しないと決めている。

ひきついだ旅

千葉県柏市　渡辺みさ子〈53歳〉

「十五年ぶりに胸のつかえがおりたようだ」とお盆に帰ったら、父が言う。

秩父三十四カ所観音霊場巡《めぐ》りの、あと五カ所を残したままのスタンプ帖。母が一人で、あるいは友人と巡っていたことは、誰も知らなかった。

あと五カ所、いつか自分が行って来ようと思いながらの、父の十五年だったろう。八月の暑い盛り、いろいろな人に親切にされて、八十歳になろうという父が一人で終わらせて来た。

どんな思いで巡っていただろう母。自分の病《やまい》治癒《ちゆ》を最優先に願掛《がんか》けていたら、もう少し生きていてくれただろうか。

「お母さんこれでぜんぶ巡ったよ」と一歩一歩、老いの歩みを進めた父。

お陰様で皆健康で幸せに暮らしています。

江戸への旅

北海道旭川市　石山マサ〈61歳〉

行ってみたいと思っていた東京下町めぐりをしてきた。

飛行機を降り、まずは四十七士の泉岳寺《せんがくじ》にて線香をたむけ、浅草へ。雷門のちょうちんの大きさに驚き、仲見世を歩いて下町の気分を味わった。

次の日は朝早く、三ノ輪《みのわ》へ。樋口一葉を偲《しの》び竜泉《りゅうせん》界隈《かいわい》、吉原跡《あと》を歩いた。それから、はとバスに乗って、現代の東京を二階建てのバスの窓から見上げ、見下ろし、「わあ、すごい」と思うばかり。それから歌舞伎座へ。一幕ぶんだけでも見たくて、四階席へ座る。周りは外国人ばかり。私の前の男の人が突然、「中村屋ぁぁ」と声をかけたのには嬉しくなった。

あそこへもここへもと、駆け足でまわった二泊三日。私一人の楽しく、素晴らしい「お江戸でござる」の旅であった。

体型皆同じ

静岡県天竜市　太田さつ子〈71歳〉

六十年振りの同窓会。嬉しい。でも心配……。だが嬉しい。

一番仲良しの友は病気で欠席。少し淋しかったが、「おひさしぶり、元気だった？」の挨拶が始まり、話は行ったり来たりで尽きない。

静かだった人は賑《にぎ》やかに。元気だった友はお淑《しと》やかに。時間の経つのも忘れて、話ははずむ。

夕方、露天風呂に入る。みんな体型は同じ。腰がどこまでか、お尻があるのか……。さすが七十年の歴史を語る体型。自分も安心して景色を眺める。いい気分。自信を持った。

一泊して想い出を一杯胸につめこんで、お別れをして帰途につく。

七回忌を済ませたお父さんに、有難うねって。楽しかった。

鎌倉ハイキング

神奈川県横浜市　佐藤ヒサ子〈68歳〉

秋もおだやかな日に主人と二人、ハイキングに出掛けた。
女子高生にまじって北鎌倉驛《えき》下車。
源氏山《げんじやま》から銭洗辯天《ぜにあらいべんてん》と、屋根づたいに大佛《だいぶつ》、極楽寺、そして稲村ヶ崎。
海の香りをいっぱいに吸いながら、砂に腰をおろして昼ごはん。一合の酒を
二人で乾杯し、鶏の唐あげとおにぎりのおいしいこと。
波の音を聞いていているうちに、子守唄のようで、主人は居眠りを始めた。
私は寄せては返す波の砂にラブレターを書いた。「おとうさん。いつまでも
元気でいて、私を連れて歩んでね」と。
江ノ島の西に沈む真赤な太陽を背に受けて、鎌倉驛方面へと足早に。

そのうしろ姿

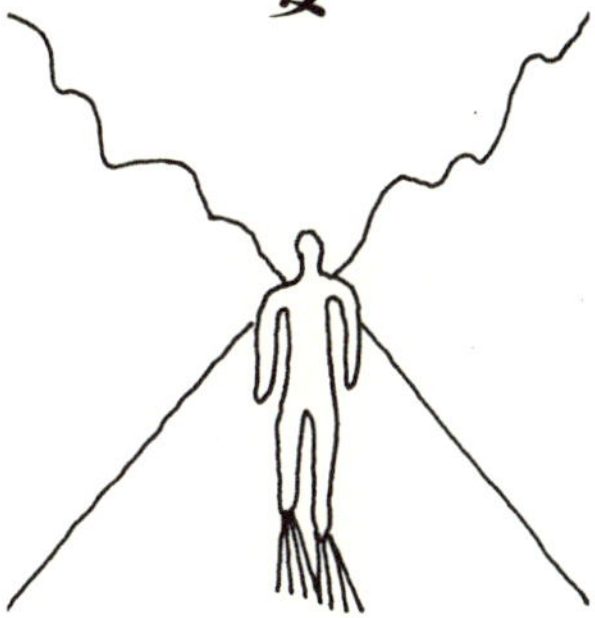

いくつものうしろ姿に
人の歴史が現われたり
消えたりするのを見ました
うしろ姿に道の進み方を教えられました

この目で
一度見てみたいうしろ姿があります
ちいさな駅でぼんやりと電車を待つ
自分自身のうしろ姿
背中に何が書いてあるでしょう
これから何を書きたせるでしょう

——嵜　南海子

六輔談話

そのうしろ姿

普通、世の中の時間の経過のことを「過去」「現在」「未来」というふうに分けます。過去はそれぞれ過ごしてきた過去、それで現在があって、その先に未来があるわけですけれども、多くの方のお便りを読んでいると、過去と未来はあるんです。つまり、「こういうふうにしてきました」というお便りと、「これからこうしたいと思います」というお便りは多いんですけれども、「過去」「現在」「未来」の「現在」、「いま私はこうしています」とか「いまがとても楽しい」というのは、過去と未来に比べると一番少ないと気がついたことがあります。

やはり我々は通り過ぎてしまったものを見送り、そのうしろ姿を見て急に、通り過ぎてしまった時間の大切さを思うというようなことがありますけれども、実際は「いま」なんです。これは学校の先生に言われた言葉だったと思いますが、「おまえには過去もあるし未来もある。でも、どうして現在がないんだ。おまえ、なんで現在を生きていないんだ」と言われて、ちょっとびっくりしたことがあります。

お便りの中もそうで、過去に生きている方が多い。その方たちのうしろ姿は、それもそれぞれがドラマにはなっているんですけれども、やはり過去と未来をきちんと押さえたうえで、「いまどうしているか」というお手紙がもっと多いといいなと思います。

毛糸のベスト

千葉県市川市　柿沼晴子

母さん
どうもありがとう。

母さんの日常着《ふだんぎ》を整理してたら、十八歳ぐらいの時に私が編んだベストがちゃんとたたんであった。

ずうっと着てくれてたんだね……。

目はふぞろいでボコボコだけど、着ててくれたんだ……と思ったら、何かすごくうれしくなった。

母さんのために編んだ最後のセーターを編み直して、今、私が着ている。

両手いっぱいのふきのとう

愛知県豊橋市　漆畑《うるしばた》みさ子〈54歳〉

久しぶりに、実家に遊びに行った。車で一時間ほどの所なのに、今年のお正月も、山は寒いという理由だけで行かなかった。

行ったり、行かなかったりは、いつもこちらの都合ばかり。

ふきのとうが食べたいと言ったら、両親が段々畑の上の方まで登って行った。母の手にも、父の手にも、両手いっぱいのふきのとうがあった。

父や母が、私達を待っていてくれたことがとても伝わる。もっと会いたいだろうに。毎年来いとか、顔が見たいとか、グチひとつない。昔からそうだった。こちらには何も求めない、無償の愛をいつも感じて帰る。

昨日、大学生の息子に「育ててやったのに、大きな顔して」と言ってしまったこと、ふきのとうのみそ汁を作りながら反省した。

安心する声

宮崎県宮崎郡　比江島京子

もしもし、お母さん……で始まる実家の母への電話。
その返事には、「はーい」
とても安心出来る、やさしい七十歳の声。
時々、その声が聞きたいがために、ダイヤルしてしまう大きな娘。
子供はいくつになっても子供なのですね。
電話を切る時、いつも「ありがとう」を忘れない素直な母。
この気持ちを、いつか嫁ぐ娘に伝えたいと思うこの頃です。

ママとお母さん

栃木県佐野市　片岡祐子〈34歳〉

我が家の息子は、私のことは〝ママ〟、そして私の母、つまり祖母のことは〝お母さん〟と呼んでいる。

その〝お母さん〟と息子は、いつでも一緒。

私が仕事をしていることもあって、幼稚園の参観日、遠足などの出席は、いつも〝お母さん〟。夜は、というと、枕を並べて二人なかよく寝ている。

そんな二人を見て、うらやましく思ったり、ありがたく思ったりする私。

そして今日は、息子の入学式。満開の桜の下。やっぱり、手をつなぐ相手は〝お母さん〟。

ゆうくん、いつまでもなかよくね。お母さん、まだまだよろしくね。

いつまでも一緒に

東京都小平市　片山径子《みちこ》〈52歳〉

母がだんだん小さくなってゆく。

自分が難病だと知った時、身体を小さくふるわせながら「私が何をしたの？どうしてこんな病気にならなければならないの……」と。私には言葉がなかった。

それから数年たった今、母は病気と共に、おだやかに生きている。

「お母さん、おたがいに年を取って行くからさびしいね……」と私。

「仕方がないのよ。いつか別れる時が来るのよ。それまでは笑って楽しく過ごそう」と母。

お母さん、いつまでも一緒に居て。私は心の中でつぶやいた。

そして明るい声で「そうね、皆で笑って楽しく過ごそうね」と母の顔を見た。

母へのおこづかい

愛知県西加茂郡　緒方好子〈39歳〉

「おかえりなさ～い。今日ね、お母さんに少しおこづかいを送ったの」と、仕事帰りの主人の背中を見ながら言うと、「おっ、ありがとう」と主人の言葉。「ううん。ありがとうは私の方よ」

主人の母が他界して、早いもので半年が過ぎました。今、親と呼べる人は、私の母一人になってしまいました。

主人は「元気なうちに旅行するぐらいのこづかいは送りなさい」と言ってくれますが、宮崎でひとり暮しの母は「家が一番いい」と言って、なかなか遊びにも出掛けません。時々顔を出す孫たちに、わずかな年金からおこづかいをあげるのが楽しみなようです。

今年の春で、母は七十一歳になりました。

八十三歳の武蔵

東京都昭島市　髙橋悦子〈50歳〉

「武蔵様の御邸宅と知っての狼藉《ろうぜき》か！」とわたしが叫ぶ。
武蔵とは、わたしが母につけたあだ名であり、狼藉者はハエである。
母武蔵にハエタタキは不要だ。
エイッ！とばかりに両手で挟《はさ》み打ち。
「小次郎敗れたり」とにんまり。
また一匹、壁に止まった。
今度は平手打ちだ。
「さすが！　武蔵」とはやしたてる。
ちなみにこの武蔵、まもなく八十三歳の武者である。

五人の母

神奈川県川崎市　日比野孝子《たかこ》〈65歳〉

養母《はは》が乳癌と診断されてから、母についてしみじみ感じたことは、私にとって母と名のつく人が五人もいるといふことです。

私を生んでくれた母は、小学校一年生で病気で亡くなり、後妻となった母とも三年くらい一緒に暮らしましたが、その後、父が亡くなり別々に。

次は、父方の伯母と母方の叔母を母と呼び、今の母とは一番長く、四十年も一緒に暮らし、時にはきびしく、時にはやさしく、この頃はすっかり頼られる日々です。

その母が、手術入院してすっかり気が弱くなったのを見ると、五人分の母の親孝行をしなければと心に誓ふこの頃です。

笑ってる母

東京都世田谷区　大室賢子《まさこ》〈53歳〉

「友人達とクラス会の下見旅行に行くので留守にするけど、心配しないでね」と母からの電話。近々、四、五人が増えるだけの本当のクラス会があるのに、相変わらず仲良しねと笑いつつ、楽しい仲間がいて良かったと安堵《あんど》する。母七十六歳。未亡人歴五十三年。一人暮し歴二十八年。父の戦死も知らず、生後間もない私を背負い、三十八度線を越えたという昔話は、祖母から聞いて知った。以来ずっと二人暮しだったが、結婚で私も家を出てしまった。苦労も寂しさもずっと一人で耐えてきたはずなのに、昔のことは忘れちゃったと、何事もなかったように穏やかに笑う。多くの友人に囲まれ、人一倍健康に気を遣い、趣味や旅行等で毎日しっかり前向きに暮らしている。そんな母を誇りに思い、心の支えにしている娘の私から、エールを送ります。

とびこえた三十年

埼玉県入間郡　山口よね子〈48歳〉

「秋の夕暮れ時は嫌いだ……寂しいから」

小さい頃から何度か母の口から、そんなつぶやきが漏れるのを聞いた。

父が出稼ぎに出たのは、妹が二歳、姉が九歳の昭和三十一年秋の夕暮れ時。以来三十年余り働きつづけた。その間、父と子の対話はいつも手紙だった。

そんな父が三年前から入退院を繰り返す生活となり、先日他界した。

娘三人が近くに嫁いでいたので、母を中心に看護することができた。三十年の空間を埋めても余りあるほどの親子の触れ合いができ、父にはすまないが病気に感謝している。父の足をさすりながら温もりを感じ、言葉をかわさなくてもお互いに分かり合えた。父は西の国に旅立った。しかし、母はもう「寂しい」とは言わないと思う。父と十分に対話することができたから……。

父の日の三日前

埼玉県加須市　相澤芳子〈54歳〉

二カ月ぶりに土産を持って、実家に顔を出した。車で十分の処なのにごぶさたばかり。「娘の顔を忘れないようにと思って、見せに来たわ」と言うと、「道を忘れてしまったかと思った」とお互いに憎まれ口をきく。

そそくさとお茶を入れようとする母に、「すぐ帰るから、夕食の支度の途中だから」エプロンを付けたままの私。

「もう帰っちゃうのかい。帰っちゃうのかい」と言う父の言葉を背中に聞き、

「またゆっくり来るから」と耳の遠くなった父に大声で言い、車に乗りこんだ。気の強い父からあんな弱々しい声を聞くなんて、初めてのこと。

「ごめんなさい。今度本当にゆっくり来るからね」

父の日の三日前のことでした。

故郷への想い

東京都江戸川区　加藤則子〈47歳〉

今年も帰省の時がまいります。昨年まで、父が駅で出迎えてくれました。しかしその風景も今年から変わります。

雪の日、運転中の父は脳こうそくで倒れたのです。幸い命は取り止めたものの、マヒが残り、退院した今も〝食べること〟〝排泄すること〟すべてを母に委《ゆだ》ねております。

「人生、二度童子《わらし》。老いて子にもどるというから」

「結婚して五十年、お父さんにお世話になったのだから、今度は私の番」と言う母。

老いてふたまわりも小さくなった母の肩。その母の肩の荷を一時でも軽くできれば……と、短い帰省を心待ちにしております。

顔剃り

東京都新宿区　大畑みつゑ〈64歳〉

「顔のしわが深くなり、ちかごろは理容室で顔を剃《そ》ってもらっています」と姉からの便り。

我が家では子供たちの髪を切り揃《そろ》えるのは母で、顔剃りは父の役割だった。父の大きなあぐらの中に仰向けになって頭をうずめると、刷毛《はけ》で泡立たせたシャボンを丹念に顔にのばして、静かにカミソリをすべらせてる、太い眉毛でいかつい顔で厳格でやたらこわい普段の父が、この時だけは何故か温かい気がしてとても好きだった。

わたしたちが美容室で髪を整えるようになってからも、父の役割だけは変わらず、ずっと続いた。

母を亡くして四年。嫁ぐ日の近づいたわたしに、父はひとこと「床屋に行け」と云った。物心ついてから、父以外の人に顔を剃ってもらったのはこの時が初めてだった。

あれから四十年。父が逝《い》って三十年余り。しみじみと父をなつかしみながら、しわの目立ち始めた顔を今、自分で剃り終えたわたしです。

お父さんの雲

愛知県岡崎市　内田信子〈43歳〉

真青な空に、綿のような雲がぷかりぷかり……。きっと私の父さんと夫のお義父《とう》さんが家族を見守ってくれているにちがいない。

しばらく仕事の手を止め空を眺めていた。時おりすうっと近付いては離れ、ぷかりぷかり……。時のたつのを忘れ、じいっと空を眺めていた。

二人とも母さんとお義母《かあ》さんが気がかりで、その場を離れられないようだ。

父さん、母さんは寝たきりだけど元気だよ。

たまには耳もとでいつもそばにいるから淋しくないぞ！　と呟《つぶや》いてね。

お義父さん、だんだん年老いていくお義母さんに元気を出して、おれの分まで長生きしろよ、いつも見守っているから、と励ましてね。

淋しくなったら空を見ます。二人の父に逢えるから。

写真の父とご対面

東京都八王子市　大島フミ子〈64歳〉

友人の幸子さんから、セピア色の一枚の写真が送られてきた。軍服を着た一人の男性。それは、私が一度も会ったことがない、一度もお父さんと呼んだこともない父でした。

父は、私の誕生を戦地で知り、私にフミ子という名だけを残して、戦地に散った。幸子さんの九十歳のお父様が、私の父と同じ部隊にいたので写真があるから、いつか父から借りてくるわ！　と言っていた。そして写真をひき伸ばしてコピーしたものを送って下さった。

写真の中の父は、私の娘よりも若い二十七歳のまま。還暦を越えた私は何とも気恥ずかしいような。それでいてようやく逢えたような思いで、「お父さん、お帰りなさい」と一人つぶやいた。

ドキリとあれれ

たまにドキリとしなくてはいけません
心がくるりと一回転して
日常のカラがはらはらとおちていきます

あれれとつまずくのも面白いものです
手をついたところから
世界がくるりと一回転して
ちらりと見えるかもしれません
思ったこともない人生の道が

――﨑　南海子

六輔談話

ドキリとあれれ

「息子の声が亡くなった大切な人にそっくりで、ドキリとした」というおはがきを読んだことがあります。そのときに、おはがきの中には「声が」という言い方がありますけれども、もう八十を過ぎているおばあさんで、結婚した夫が戦争に出かけて、二人で暮らした時期は一週間となかった。夫は戦地で亡くなって、結果的に戦争未亡人となって、そのまま八十過ぎまでずっと独身を通してきてしまったという人が、ある時、若かった夫とそっくりの男と町で出会うんです。まさにそれは生き写しというか、若い、亡くなった夫にそっくりだったんです。「声が」じゃなくて、姿、歩いてくる態度が。

その時に、すれ違いながら、八十三歳のおばあちゃんが体が熱くなって、とっても恥ずかしかったとおっしゃったんです。その言葉で、今度は僕のほうがドキンとしました。あっ、そういうことってあるんだ。一週間しか一緒にいなかった夫なのに、六十年近く経って、全然違う場所で瓜二つの人と会った時に、八十歳を過ぎていて体が熱くなって真っ赤になってしまった、とても恥ずかしかった、というおばあちゃんの色っぽさといったらありませんでした。

ですから、皆さんのドキリとしたおはがきを読みながら、同じようにドキリとしたことを思い出して、重ね合わせて読ませていただいていることが多いということを、申し上げておきます。

オバチャンのバ

静岡県浜松市　前田寛子〈63歳〉

記念切手の発売日、郵便局へ急いでいた。
「あっ、アブナイ！」車道へよろけ出そうになったヨチヨチ歩きの坊や。
思わずちっちゃな肩を鷲づかみにして私は云った。
「ブウブウが通ってるよ。アブナイヨ」と。
振り返った母親が云った。
「ママのあとをついて来なさい。何でそっちの方へ行くの？
おばあちゃんにアリガトいいなさい」と。えっ？　ナヌ？
若きママさんよ！　坊やから手をはなすな。目をはなすな。オバチャンのバ
を伸ばすな。六十歳は過ぎた。……けど孫はまだいない。
思いっ切り背筋をピンと正して地面を闊歩《かっぽ》して帰って来た。

その声にドキリ

岩手県宮古市　中村眞智子〈46歳〉

つらい時、悲しい時、まよった時、「がんばれ!!」と、どこからか声が聞こえます。

主人のなくなった弟の声です。のようですが、実は私の息子、中学三年生。この頃、声が太くなり「おかあさーん」との声に、主人の母も「ああ、びっくりした」と、おどろいています。きっと、自分の息子が帰ってきたのかと思ったのでしょう。

息子に先立たれた主人の母は、四年が過ぎて、ようやく元気を取り戻しています。主人の母は今年六十六歳です。

がんばれ、お母さん。私もがんばる。

そして、家族なかよく、がんばろう。

いとしのコロ

福岡県北九州市　長岡順子〈59歳〉

犬のコロを置いては決して留守にしなかった私達が、どうしても二日間の外泊をやむなくした。近所に娘が居るので、早朝の食事、夕方の食事と、コロを玄関の中に入れる仕事を頼んだ。

薄暮のなか、必死でやって来る娘に、不安と淋しさに包まれていたコロは、身をふるわせて、人間の子供のように泣いたのよ。人間の泣き声と一緒よ、ほんとうよ。コロを強く抱きしめて一緒に泣いたのよ、と伝える娘。

コロ、もう留守番はさせないよ。

感謝の言葉

広島県福山市　為清淑子《ためきよとしこ》〈60歳〉

さわやかな日曜日の朝。私は一人で庭の花の手入れをしていました。お隣りは小学生三人の子供さんの居られる三十歳代のご夫婦です。仲良くガーデニング用のフェンスを組み立てて居られました。しばらくして私の耳に入って来た言葉は、

「お父さん、せっかくのお休みの日に手伝ってくれてありがとう」

結婚生活四十年の私が、すっかり忘れていた夫に対しての感謝の言葉。若い奥さんに教えられ反省した、朝のひとときでした。

ごくろうさん

長野県須坂市　小林みさよ〈47歳〉

同居している息子の給料日は毎月二十日です。もらってきた給料の中から、アパート代と食費を私はもらっている。

いつものように息子は「はい」と云って、お金を私に渡した。「うん」と私。

その時、「ごくろうさんの一言ぐらい云えないのか」の言葉。

その時は、なによ、えらそうに。私だって毎日働いているし、食事、弁当の用意、洗濯、掃除もしているのに「ごくろうさん」の一言も云ってもらったことがない。

だけど、だんだん、そうよね。一言で気持ち良くなる言葉があるのよねと気付きました。

その一言

福島県福島市　尾形由美子〈45歳〉

「悪性のものです。すぐ入院して下さい」

乳ガンの告知を受けて涙が止まらない日々から、三カ月が過ぎた六月。仕事をやめ、ゆっくりすべてのものをじっくり見られるようになって、人への心づかいや気づかいが、自分も今まで以上にできるようになった気がします。

「死」を覚悟した私を、パニックから救い出してくれたのは主治医の先生の一言。

「だいじょうぶです。治ります」この言葉が優しくひびいたのです。

この先生に「すべてまかせて治していただこう」と決意した日から、涙が少なくなりました。

カの勘違い

埼玉県北足立郡　小池克子〈55歳〉

主人の仕事は特殊木型の製作。私も門前の小僧で、一応カンナを使って面取りぐらいはする。先日も仕事中に何かがプ～ン。私は思わず「あっ、蚊《か》がとんでる！」と大声。主人が血相を変えてとんできて、「大丈夫か、どれ見せてみろ！」あれれ、ふだんは私がヘマをしても「ドジなんだから」とあくれを言って笑っているだけなのに。そんなに心配してくれるなんて、どういう風のふきまわし？　ところが主人の目は、私ではなくてカンナに向いている。私が「蚊《か》がとんでる！」と叫んだのを、主人はどうやら「刃《は》がとんでる」と勘違いしたらしく、道具が心配でとんできたのだった。

「もし、だんなさま。私のうではさされて赤くなったけど、カンナさまは無事でしたよ。悔しいけど、仕事は一流なので許してあげます」

妙に親近感

神奈川県大和市　小林陽子〈62歳〉

秋になって、また何カ所かの学習塾から電話がくる。

「M君のお母さんですか」私「いいえ」

「中学のM君のお母さんじゃないんですか」

毎年秋になると、五、六カ所の学習塾や家庭教師センターから、生徒の誘いの電話がある。

何かのデータに、M君の家の電話番号と間違えて我が家の番号が登録されたものらしい。

もう三年目。あの頃は「六年生のM君のお母さんですね」と掛かってきた。

今年、データの中でM君はちゃんと成長して中学生になっていた。

うちの息子は一字違いで今年三十歳。生まれた娘を溺愛《できあい》中。

日射病！

愛知県稲沢市　水谷小夜子〈65歳〉

朝五時、突然「お母さん、お母さん」大声で娘の呼ぶ声。

あわてて行ってみると、犬のクマが歯をむき出し、あお向けで足をかきむしる格好で、引き付けているでないか。二、三分の出来事であったが初めての光景。

祭日ではあったが、とりあえず病院へ電話をして連れて行った。

「これは、日射病ですよ。今年はとくに暑さが厳しいので、ここへ来て何匹も死んでいます。足の裏にやけどをしている犬もいましたよ」

先生の言葉がこわかった。

二日間の点滴、その後、栄養を考えて食べものを与えた。

鳴き声も出ず、後足も立たず、気抜けした眼、ぐったりした体。横たわっている犬を見ると涙が出る。だって十五年も一緒にいる犬だもの。
寝ずの看病十日間、その甲斐《かい》あって、掠《かす》れた声で「ワン」と一声。
「声が出た！」手を叩いて喜んだ。
後足もふらふらだが、少しずつ歩く練習をする犬。がんばれ、もう少しだ。

便りに英語

福岡県前原市　藤森康敏《やすとし》〈64歳〉

ヘボン式なら何とか読める
孫は中三　便りに英語
読めぬと言へば　かかわる沽券《こけん》
眼鏡がないと　ダイヤル廻《まわ》し
字が小さいと　意味を聞く

中学三年生の孫とは、幼稚園時代から文通しております。中学生になると、本物の英語交じりで便りが来るようになり、「ヂス　イズ　ア　ペン」しか勉強していない私には、困るやら嬉しいやら。

ボケボケ……

埼玉県幸手市　大内田登久子《おおうちだとくこ》〈59歳〉

友人宅で、ふと目についたカレンダー、今日は紛《まぎ》れもなく息子の誕生日。
よかった、今年は誰にも言われずに思い出せて。やったと手放しに喜んだ。
自活すると家を離れ、何年になるだろう。思いきって手紙を書こう。
「二十四歳の誕生日、おめでとう」便箋三枚にしたためた。
手紙が届いたらしい。十二時近く、電話のベルに起こされた。
「お母さんどうかしちゃったんじゃない？　ぼく、二十五歳だよ！」
え？　昭和、平成とよく数えたのに。留守電だけにしておけばよかった。

言われてみれば

岐阜県多治見市　岩井廣子《ひろこ》〈50歳〉

「おばあちゃんは、他人《ひと》の悪口やうわさ話を言わないね」

突然、長女が言いました。

「そう言われてみればそうだね」と私。

五十年も娘でいる私が気づかなかったのに。たった二十三年孫でいる長女から言われて、驚きと喜びを感じました。

私にとっては、母の姿はごく普通のことで、当たり前に過ぎてきました。

娘の言葉に改めて考えてみたら、母はすごい人だな、と思いました。

私は、知らず知らずのうちに、グチが多くなっていたので、娘に指摘された思いです。

チカン

岐阜県大垣市　古川　恵〈27歳〉

この間、会社帰りに一人で映画を観に行きました。

適当に席を見つけて座ろうとすると、おばさんが二人近づいてきて、「お姉さん、あそこにおるのチカンやから、気をつけた方がええよ。なんやったらうちらのそばに座り」と言われました。

そのおばさんたちがかたっぱしから声をかけていたせいか、チカンのおじさんはさっさと帰ってしまったので、ひさしぶりにすごく安心して、映画を観ることができました。

いつもチカンにあっても、まわりの人は知らん顔していることが多いので、なんかすごく嬉しかった出来事でした。

空がたかい季節

誰かがかすかな信号をおくっています
世界が澄みわたるので聞こえた
あたたかな信号
私がずっと待っていた気のする信号
しっかりとキャッチします

こちらも信号をおくります
街のさざめきの上に
心のアンテナをするするとのばして

——嵱　南海子

六輔談話

空がたかい季節

不思議なもので、〈七円の唄〉というのは一年中やっているんですけれども、秋の気配が感じられると何となく「朗読の季節」というか、読むのにふさわしい季節という意識が出てくるんです。一年中同じようにおはがきをいただいて、一年中同じように読んでいくんですが、秋になると読み方がちょっと違ってくるという自覚があります。

これは前にも泰子さんと話をしたことがあるんですが、やっぱり「詩を読む」「言葉を読む」ということと、秋の気配というものが、どこかでつながっている。それは春読んだって、夏読んだって、冬読んだって同じはずなのに、秋だと読み方が違ってくる。それはやっぱり育ってくる環境の中で、たとえば「読書の秋」とか「秋の日のヴィオロンの」とか、秋の詩が多いということもあるのかもしれません。

ですけれども、この何章か前で申し上げたように、季節感というのはこの国、沖縄から北海道まででずれが大きくあるわけです。秋に書かれたわけではないのに、読むと秋になってしまうという読み方があるのかなと思います。

現実的なことで言うと、これは長い間読んできていますので、最近、僕も遠藤泰子さんも、ときどきロレツが回らなかったり、舌を噛《か》んだりするときがあります。そういうときに「あ、秋だな」と思います。

乳母おどしの季節

埼玉県川口市　末次房子《すえつぐふさこ》〈57歳〉

彼岸も過ぎ、秋になると、亡くなった義理の母が云っていたことを思い出します。

この時期、涼しくなり始めたなと思っていると、一日ぐらいびっくりするほど低温の日があります。

そんな日、必ず義母《はは》は「昔の人は、こんな寒い日のことを乳母《うば》おどしと云ったのよ」と私に云うのです。

訳は、もうすぐ寒い季節が来るから、子供に風邪などひかさぬよう準備をしなさいということだと教えてくれました。

今年も「乳母おどし」の季節になりました。

その義母が逝《い》って五年になります。

コスモス

福岡県北九州市　太田明美〈49歳〉

毎日、いとおしい愛犬と散歩に出かける。

もしかして、私の方が愛犬に連れて行ってもらっているのかも知れない。

その道すがら、満開に咲いているコスモス。

ひとひら、ひとひらの花びらがそっと寄り添って、ひかえめに、そして実にやさしく咲いている。

そのやさしさが時折〝ふと〟心のなかに入り込んできて、なにかしらほんのり、ここちよい。

「コスモスさん、秋ですね」

なつかしいにおい

神奈川県相模原市　長友植子《うえこ》〈44歳〉

「ねえお母さん、キンモクセイ、咲いてる？」

「あら、もうそんな季節になったの？」

「学校へ行く途中、どこからかにおってくるの」

毎年、我が家でいちばん先にキンモクセイの話をするのは長女。
今中学三年生で、受験勉強のまっただ中。
あせりとためいきの日々の中で、ほんの少しだけ心のゆとりが残っている娘。
今年も、話を聞いたとたんに、あそこにも、ここにも咲いていると気づき、
なつかしい季節のにおいにホッとしている私。

柿色の秋

東京都板橋区　加藤せつ子〈56歳〉

山里の晩秋をこれほど感じさせてくれるものがあるだろうか。

ふるさとからの贈り物、真赤な柿の実。

手のひらに乗せると、つややかな秋色の面《おも》に、遠い日の私が浮かんでいた。

一面の柿の落葉の中で、柿の葉のお人形造りに夢中の私。着物にはこの赤と黄と緑の水玉模様がいいかしら。それともぼかしの裾模様《すそもよう》にしましょうか。

「赤い帯が似合いそうね」と後ろから若い母の声。

柿の葉の絶妙な色合いは、お造りになった神様もきっと悦に入っているはず。

窓の外は、いつしか柿色の夕暮れ。

冬支度

北海道苫小牧市　神成昌子《かんなりまさこ》〈66歳〉

大群の雪虫と共に、いよいよ冬将軍の到来。

私は急に忙しくなる。「灯油ストーブ」から、「コークスストーブ」に切り替えて、お正月においしい漬物を食べるために、いろんな野菜を買い求めて、その支度にとりかかるのです。

私が主人の元に嫁いできた時、今は亡き舅《しゅうと》から教えてもらった朝鮮漬けと、マス漬け、これは四十四年間漬け続けています。

たとえ漬物といえども、真心をこめて漬けなければ、期待通りの味にはなってくれません。手を抜けば裏切られてしまうのです。今はいろんな漬物を売ってます。でもやっぱり自分が手をかけて心をこめて漬けた漬物が、一番おいしい。喜んで食べてくれる人が居る限り、漬け続けます。

蟹舟

福井県福井市　中谷幸則《ゆきのり》〈52歳〉

蟹舟《かにぶね》の屋根にせわしき初霰《はつあられ》
あかあかの蟹の踊れる舟の見ゆ

今、越前の浜に来ています。
霰まじりの浜に、今年も蟹をいっぱい積んで舟が帰って来ます。
とろ箱から、赤い蟹が顔をのぞかせて、こちらを見ているのです。
浜は蟹の匂いでいっぱいです。

東京の雪

岩手県盛岡市　佐藤アヤ子〈63歳〉

東京方面の大雪。一日中たいへん。

横浜に住む息子夫婦に電話す。

嫁さんが出て、怖くて歩けないとのこと。

クリスマスカードに、雪のクリスマス素敵でしょうね、と書いて来るロマンチックな嫁さんだが、現実は厳しいことも、又北国で生活している人達のことも少しは理解出来たかも？

今朝の盛岡はマイナス十度近い寒さになる。

ラジオの予報は市内・三十五センチ、山沿い地方・八十センチの積雪と流れる。

でもこの雪が、夏の水不足には、大きな恵みを与えてくれる役割をしていることをいつか話してみようと思う。

百五十年目のお正月

埼玉県深谷市　斉藤紀美子〈57歳〉

四年ぶりにお正月を温泉で迎えた。

山々の雪景色を思って胸おどらせながら。でも、雪はなかった。

百五十年の歴史があるやしきで、いろりを囲み、焼きおにぎりを焼いてくれたり、昔にタイムスリップ。

温かなもてなしで、おいしいごちそうを食べてきた。

温泉は一人貸し切り。

露天風呂も静かでぜいたくで、天国にいったような三日間でした。

絵を見たり、ガラス美術館にいったり。

心に、贈物をいっぱい入れて帰ってきました。

失恋年賀状

長野県上伊那郡　豊岡秋子〈55歳〉

松もとれて、雪が二十センチも積もった日、息子あての年賀状が届いた。

「年賀状ありがとう」見覚えのある美しい文字が並んでいます。

それは以前、たぶん息子が好きだった娘さんからのもの。

裏がえせば、美しいウエディングドレスの花嫁と、くやしいが、息子より数段も男前の花婿がニッコリ笑いかけていました。

「結婚したんだねえ」見ていたら不覚にも涙が流れてしまって……。

仕方がないので、しばらくそのまま泣いてしまいました。

だれもいない雪の日の午後に届いた年賀状に、「参りました」と頭を下げた。

最高のお年玉

栃木県安蘇郡　清水貞之《さだゆき》〈58歳〉

今年いただいた年賀はがきの中に、私にとって金、銀、宝石にまさる宝の一枚となるはがきが配達された。

昨年、同窓会が行われた。中学卒業以来、四十数年ぶりの再会の友が恩師をかこみ、楽しいひと時もあっというまである。

心ひそかに神に願った。神に通じたのかまさかあの女性《ひと》から。「まさか」が現実となった。

私の人生において最高のお年玉であり、最高の宝物である。

私は文字ではなく、肉声でお礼と年賀のあいさつを送った。

一枚のはがきが今、私の宝物である。

沖縄の桜

沖縄県島尻郡　玉城《たまき》絹代〈44歳〉

家を建てた記念に植えた桜の木。

月日が流れて、花は咲くことがなく、庭のそうじに疲れた私はつぶやいた、来年、花が咲かなかったら切り倒してしまうことを。

次の年の一月、もうしわけないほどほんの少し、花が咲いた。その年、三十二歳にして身ごもった。沖縄の桜が咲く一月に、色白のかわいい女の子に恵まれた。それから、桜の花はみごとに花を咲かせ、バス通勤の人々の目を楽しませるようになった。

あれから主人の里に戻り、海の近くに住んでいますが、主《あるじ》を変えた今もなお、桜の花は咲き続け、新しい住人に喜ばれている。

二十一世紀、またみごとに花をつけてくれるでしょう。

節分のとべら

大分県東国東郡　佐藤トモ子〈55歳〉

節分、立春と昔ながらの我が家の行事。庭の柊《ひいらぎ》を折って鰯《いわし》の頭を玄関につるし、「とべら」を差す。子供の頃、田んぼからの帰り、母は「とべら」の枝を折って玄関、窓ガラス、家のすべての入り口に差し、さあ今年一年、災難や病気もなく元気に暮らせるようにと、せめてもの親心。

ふと二十年前に他界した母を思いながら、山に「とべら」とりに行く。今はそんな行事をする家もなく、子や孫に伝えたくても、核家族や夫婦二人の生活。だんだんと忘れられていくのか、この時期になるとさみしい。のちの世に残さねば。田舎では我が家だけになり、せめて元気なうちは続けなければ……。「とべら」という木はとても匂いがきつく、これから暖かくなるので、病気や悪いことを、その匂いで追い払うという意味なのです。

ひとりごと

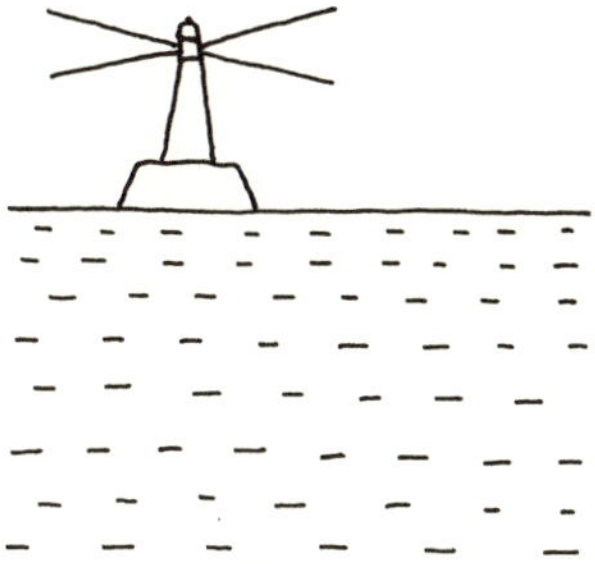

胸のまんなかでつぶやきます
すっとこどっこい
日本という船は
どんな水平線をめざしているのやら
おとといおいで
時代のさかまく流れに
気弱な旅人はどうすりゃいいんだろう

答のない質問に誰が答えるのでしょう
時折、未来のあかりのような想いが
胸に浮かんで消えていきます
――崎　南海子

六輔談話

ひとりごと

〈七円の唄〉というのは、考えてみると「ひとりごと」なんですね。たぶんはがきという小さなスペースに、ひとりごとを書き込んでくださっている。それはもちろん僕なり泰子さんが放送のうえで読むということが前提ではありますし、それが全国の皆さんに聞こえてしまうひとりごとですから、相当大きなひとりごとなんですけれども。

そのひとりごと、読まれることを覚悟することとは別に、皆さんにはきっと、これは書いたけど出すのをやめよう、というひとりごとが絶対あるに違いないと思うし、それがあって欲しいと思います。

最近、Eメールやインターネットで、ひとりごとを誰かれとなく送ることがあります。これは話がちょっと古くなりますが、福岡の判事の奥さんがある男性にEメールで書いて送っていく間に、ストーカーになって逮捕されてしまうというばかなことがありました。あれはポストに行かないからです。

つまり、ひとりごとをはがきに書くと、それを持ってポストに行く途中で、「これはちょっと書き直そう」とか「あ、これは出すのよそう」とか必ず、書いたものに対する自分の責任も含めて、書きすぎだなと思うとそこでやめるじゃないですか。

でもEメールというのは、書いた瞬間に相手に送れるし、たくさんの人にも読まれる。この〈七円の唄〉は時にはポストの前で躊躇《ちゅうちょ》して出すのをやめるという、そういう方たちの、たまたまポストに入ったおはがきを読ませていただいているんだというふうに思います。

シャル・ウィ・ダンス

群馬県邑楽郡　石川晴美〈35歳〉

先日、ちょっと訳あって、イライラしながら夕食をつくっていた。

おつまみはイカのげそ揚げ。

油にイカを入れたとたんに、ラジオから「シャル・ウィ・ダンス」が流れてきた。イカの足は油のなかでダンスを始めた。

私もガスコンロの前でステップをふんでいるうちに、なぜか楽しくなってきた。

私ってけっこう単純だったことに気づきました。

バカなこと

栃木県足利市　小山幹雄《みきお》〈60歳〉

六十歳になって、今までしでかしたバカなことを、反省と自責の念をこめて、シリーズとして書き残している。思い出すと、あとからあとから出てくる。それが夜中だったりすると、恥ずかしさに冷や汗が吹き出して寝汗のようになり、何も知らない妻が心配したりする。その中の一つ二つをあげると……。結婚式で、いの一番に祝い歌を指名されて、慌てて悲恋の演歌を歌ってしまったこと。食べようのない魚をたくさん釣って、意気揚々と持って帰って、こともあろうに仕事上のお得意さんに配って歩いたこと……。これらはどちらかと言えば良いほうだが、これから長く生きても二十年。もう正気のうちはあまりバカなことはしないと思うけれども、そのうちにバカをしようと思ってもすることができない本当のバカになっているかもしれない。

嫁に感謝

東京都調布市　今井綾子《あやこ》〈66歳〉

少し体調をくずしていた私が、生まれて初めて病気入院することになってしまった。

「悪いけれど、部屋の掃除だけしておいてくれる?」と隣にいる二世帯住宅の息子夫婦に頼んで、二週間後に退院してびっくり!!

浴室、キッチンはもちろん、冷蔵庫の裏から換気扇に至るまで、ピッカピカ。私の部屋の汚れ物まできれいに洗濯されていて、まずは嫁に感謝、感謝。

常日頃、少しばかりの仕事とボランティアをしている私は、お互いに一切「無干渉」にしている。そのせいか、いさかいもない。「困った時こそお互い助け合おう」といいながら、助けてもらうことが多くなるであろう。

さわやかな気持ちで回復につとめている。

血縁

広島県広島市　辻　賢一郎〈57歳〉

戦争遺児であった私は、独身時代には、父母の欄は叔父、叔父の妻、兄弟の欄は従姉、従弟と、書類提出のたびに機械的に書いていていました。時が経って、先日、次男の書く書類を肩越しにのぞくと、父……母……兄……弟……と当たり前のように書いている。こいつ幸せな奴。

三歳を過ぎた東京の孫に電話をすると、妻と私が交互に相手をさせられる。妻との時、「おばあちゃん、おじいちゃんをいじめちゃ、だめだよ」可愛い孫の声に、誰のものでもないこの私の血が我が子を経由して脈打つのが見えてくる。この実感。肉親という言葉が使える嬉しさ。より大きく、この幸せを育《はぐく》みたいと思うこの頃です。

これがゆとり

東京都三鷹市　小出冷子《こいでりょうこ》〈49歳〉

十三年間働いていたパートの仕事をやめたので、何事も節約と、家計を見直した。

電気はこまめに消し、蛍光灯は減らして、水道は元栓をしぼり、食費は月二万円減、ワイシャツは家で洗濯をして、食費以外でも二万円減……、などなど。少し足りないけど、何とか夫の給料でやれそうかな。

今まで私が家計に月七万円入れていたのは、何だったんだろう？　と思います。

良かったのは、本を読んだり久しぶりにパンを焼いたり、ネコと遊んだり、時間を楽しめること。ちょっとした贅沢《ぜいたく》です。

男子旅に出よ

千葉県松戸市　東《あずま》 恵子〈55歳〉

中学生のわが息子は、どうしてこんなにと思うほど、小さくてきれいな字を書きます。

いっそ旅に出て、揺れる列車の中で、はがきでも書き始めれば、きっと私ごのみの字を書くようになるでしょう。成長期の日本男子が、細い線いっぱいのノートにばかり字を書いていてはいけません。

来年の春、おまえをどこに追い出そう。

3+1＝0

宮城県黒川郡　今野《こんの》邦子〈58歳〉

3＋1＝0、ン？　幼い孫に3＋1＝4だよと言われそうだが、いなかのまんなかで小さい魚屋をやっている我が家にとっては、3＋1＝0なのである。

お得意さんの中に、親子三人暮しのお宅が有った。

そこのお母さん、「さぁ、今日は何食べっかなぁぁ」と毎日、自転車で来てくれていたが、この度めでたく嫁さんを迎えた。つまり3＋1。

このお母さん、高齢ということも有り、炊事にあきあきしていたらしく、台所をあっさり嫁さんに渡した。その嫁さん、車ですうっと我が家の前を通り過ぎ、町のスーパーへ出掛ける。それ以来、そのお母さんパッタリと来なくなってしまった。だから3＋1＝0なのである。

これが世の流れ、仕方ないか……と諦《あきら》め、何とか頑張っている私なのです。

オバサンのひとりごと

長野県佐久市　藤牧黎子《ふじまきれいこ》〈55歳〉

先日、買い物に娘と孫と行ったのです。

私の目の前を一人の娘さんが通りすぎようとして、髪の毛にカーラーが二本巻いてありました。「あ!!　カーラーが付いたままですよ」と言うと、「ああ、いいの。出掛けるまでに取るんで、くせづけなの」と言われ、今だって買い物に出掛けているんでしょと内心思ったのです。

でもふっと気がつくと、私の娘の姿は近くにありませんでした。娘に「嫌だなぁ、オバタリアン。若い娘のことに口出さないで」と言われました。「でも、正装してたから」と言ってるのを、孫が見ていて「バーバ、おねぇちゃん、ありがといってたでしょ」と言われ、孫のなぐさめに少し気が楽になりましたが。なにかとても妙な気持ちの一日でした。

耐用年数

千葉県市川市　神林《かみばやし》俊夫〈80歳〉

去年の春に洗濯機が壊れました。

夏には暑いのに冷蔵庫が壊れました。コンデンサーがいかれていて、修理不能とのこと。

古いものばかりの吾が家、次は何だろうと思っているうち、暮れになってテレビが壊れました。

電気屋の云うには、いずれも寿命が来ているとのことでした。

そう云えば、妻が亡くなってからもう八年。その前から使っていたものばかりで、無理もありません。

新しい電気器具の中で、これも耐用年数を過ぎたのが、今日もひとり暮らししています。

幸せなお酒

東京都世田谷区　菊池登美子

私はお酒を飲むのが好きで、十五年位前までは、よく会社の帰りに皆と飲みに行っていました。おかげで、とても強くなりました。

それから五年、結婚して、お酒は家で飲むようになりました。

それからまた十年、息子と二人だけの生活になり、お酒は週末だけ飲むようになり、とても弱くなりましたが、隣で子供が食事をするのを見ながら飲むお酒は、私をとても幸せな気持ちにさせてくれるのです。

これから先も二人でがんばります!!

糞じじい宣言

群馬県勢多郡　中村恵寿《けいじ》〈43歳〉

私は「糞《くそ》じじい」になろうと思う
「くたばれじじい」と言われるようになろう
ガキどもを遠慮なく叱り　馬鹿なカカアどもをこきおろし
偉そうな奴には屁《へ》をかまし　アンケートなんぞアッカンべ
そんな人に私はなりたい　が　なんと道の遠いことか
事の始めとラジオに投書をしたが　ポストに入れたとたんに後悔している
何にもできない奴が　こんな偉そうなことを言ってもいいのかと
今までの気弱な私が私に聞く
こんなことではいけない　偉大な「糞じじい」への一歩ではないか
迷わず歩いて行こう……とは思うのだが

生まれて来た理由

北海道旭川市　島田康《やす》正《まさ》〈38歳〉

何をやっても長続きしない
姉二人で末っ子　長男の私が
重度の知的障害をもつ娘のためにと頑張って
もうすぐ勤続二十年
子供嫌いの私が　当たり前だが
この子だけは可愛くてしょうがない
「人は何のために生まれて来るのか」と言うが
私は「この子を育てるために」
この子は「私を幸せにするために」生まれて来たのだと思う

本書はＴＢＳラジオ「永六輔の誰かとどこかで」の番組に寄せられたリスナーの方々の手紙をもとに構成・編集いたしました。本書に関するご意見・ご感想などお待ちしております。

【連絡先】
〒一〇一－〇〇六五　東京都千代田区西神田三－三－五
株式会社　朝日出版社　第五編集部　『ことづて　七円の唄　誰かとどこかで』
ＴＥＬ　〇三－五二一一四－五六六二　ＦＡＸ　〇三－三二六一－〇五三二

〈七円の唄〉という台本

遠藤泰子

「『誰かとどこかで』は台本があるんでしょう?」とよく聞かれる。

「ありませ〜ん。台本は永さんの頭の中だけにあるんで〜す!」と私はいつも答える。永さんは、スケジュールと旅のメモが記《しる》されたノートを広げるだけ。私はCMの資料原稿を並べるだけで、録音は始まる。これは三十数年変わらない。ただし金曜日だけは別。どんな名脚本家でも浮かばない暮しの中から織りあげられた〈七円の唄〉という台本と向かい合う。

今まで、何千枚の七円の唄を読んできただろうか。その時々で、自分と重なる想いと出会うことがある。そんな一枚のはがきだった。

「五年数カ月勤めたパートの仕事をやめました
太陽が恋しくなったからです
キンピラやヒジキが食卓にのらなくなったからです
大根やキャベツの千切りが大きくなったからです
そして、肉ジャガをゆっくり煮上げたかったからです」

仕事をする女性が必ず足を止めて、自分自身に問い掛ける瞬間がある。このはがきに出会った時、私も丁度立ち止まっていた。胸にジーンときた。こういう暮しも良いなと思った。しかし私は……。

我が家の大根、キャベツ、牛蒡《ごぼう》の千切りは今も大きいままだ。

〈七円の唄〉という台本、演じるのはなかなか難しい。

時間《とき》を越えたことづて

崎　南海子

天空にヒマラヤの山々の連なりが浮かんでいる。

夜明けの白い靄《もや》のなかに黄金の太陽のきらめきがわきあがり光がしゅっと飛んできた。七二一九メートルのアンナプルナ・サウスの頂に茜色《あかねいろ》がさす。次は、六九九三メートルのマチャプチャレ。魚の尾という意味の鋭くとがった山の先に、ばちっと光のぶつかる音が聞こえ、茜色が一瞬きらめいたあと、明るさが山の下へとみるみる広がっていく。

私は、ネパール・ポカラの町の一五九〇メートルの山頂の展望台に登ってきていた。ベンチにだらっと座っていては山々と向いあっていられないような気がして、足をどしっと地につけ、背筋を思いっきりのばして立っていた。

暦が春になったこの季節、『七円の唄』の本作りの最終段階に入るところだった。ラジオの放送では、ＴＢＳ系二十四局ネット「永六輔の誰かとどこかで」の金曜が〈七円の唄〉の日。全国から届くはがきから、毎週放送される唄を決めるのが私の役目だが、本にまとめる時には、数年前から残してあるはがきをすべて一から読みなおす。新たな気持ちで読んで、唄をさまざまなテーマに分けて、また読みなおして、いつか一冊の本の形が見えてくる。大切なのは、私がはがきといつもまっすぐ向きあう心持ちを保つこと。

そんな日々の私を友が旅に誘ってくれた。

ネパールの農村で植林などをすすめるＮＧＯ（非政府組織）のチームとして十年も活動してきた友が「一度見にきてよ」と。

山の国のだんだん畑がかぎりなく続く山を越えて、農家に泊めてもらい、植樹をして有機農法の野菜畑やバイオガス装置（牛糞を利用した燃料用ガス）を見学したあと、「ヒマラヤ山脈を見なくては」とポカラにきていた。

ネパールで会った人々。十七年かかって独力で東洋医学をとりいれた治療院を作った日本女性も、障害を持つ子供たちの学校を二十年以上も続けている日本人神父さんも、ボランティアで女性と子供のための病院を建てたネパール人男性も、もちろん農村に暮す人々も、そして友も、声高にいいたてることなくそれぞれの道を、のんびりしたり迷ったりして歩いている。そんな姿のそばにいると私も体の重心がぴたりとまんなかに定まる。何万枚もの〈七円の唄〉を読んだ時、その向うに、日常の道を確かに踏んで進む人々の暮しを感じて、ほっとするのと同じような気持ちがやってくる。

五年で五冊めの〈七円の唄〉の本『ことづて』。実は一冊の本のなかには数年分の唄が入り混っている。しかし本を通して読むと「今」という時が確かに流れていると感じる。つまり〈七円の唄〉は、人間の暮しのいつまでも変らない事を唄っている、時間《とき》を越えたことづてだと思った。ネパールで出会った人々も、その姿で私になにかをことづけたのかもしれない。

思えば、世界には標高八〇〇〇メートル以上の山が十四あるが、そのうち九つがヒマラヤ山脈にあるという。空のまんなかから顔を出している清く凍った山々には、なにか不思議な力が棲《す》んでいるような気がしてくる。山々とじっと向いあったら、体から世俗の殻がぽろぽろと落ちていくといいなあと思うけれど、そう簡単にうまくはいかない。

「おおぃ、山々よ、地球からことづてがありますかぁねぇ」

宛先は、〒一〇七―八〇六六　ＴＢＳラジオ・誰かとどこかで〈七円の唄〉へ。

「誰かとどこかで」全国放送時間一覧表

地区	局名	略称	放送時間(月ー金)
北海道	北海道放送	ＨＢＣ	11：35〜11：45
青森	青森放送	ＲＡＢ	11：15〜11：25
岩手	ＩＢＣ岩手放送	ＩＢＣ	11：25〜11：35
秋田	秋田放送	ＡＢＳ	09：10〜09：20
山形	山形放送	ＹＢＣ	11：25〜11：35
宮城	東北放送	ＴＢＣ	11：40〜11：50
福島	ラジオ福島	ＲＦＣ	09：15〜09：25
山梨	山梨放送	ＹＢＳ	11：05〜11：15
長野	信越放送	ＳＢＣ	10：50〜11：00
関東	東京放送	ＴＢＳ	11：35〜11：45
静岡	静岡放送	ＳＢＳ	10：50〜11：00
愛知	中部日本放送	ＣＢＣ	10：48〜10：58
富山	北日本放送	ＫＮＢ	11：05〜11：15
石川	北陸放送	ＭＲＯ	13：40〜13：50
福井	福井放送	ＦＢＣ	11：35〜11：45
広島	中国放送	ＲＣＣ	11：10〜11：20
山口	山口放送	ＫＲＹ	11：05〜11：15
徳島	四国放送	ＪＲＴ	11：05〜11：15
福岡	ＲＫＢ毎日放送	ＲＫＢ	09：25〜09：35
長崎	長崎放送	ＮＢＣ	11：20〜11：30
大分	大分放送	ＯＢＳ	10：25〜10：35
宮崎	宮崎放送	ＭＲＴ	11：20〜11：30
鹿児島	南日本放送	ＭＢＣ	13：15〜13：25
沖縄	琉球放送	ＲＢＣ	10：30〜10：40

2001年４月現在

永 六輔——えい・ろくすけ
東京・浅草生まれ。放送作家。ラジオやテレビ番組の
構成を手掛ける一方、作詞家としても活躍。
「そろそろ一カ所に落ち着きなさいよ」と友人、
野坂昭如氏に諭されつつ、夜ごと枕が変わらないと
眠れない、毎朝ちがう所で目が覚めないと落ち着かない、
そんな旅暮らしの毎日。最近の著書に
『嫁と姑』(岩波書店)、『おしゃべり文化』(講談社)、
『読めば読むほど』(くもん出版)などがある。

﨑 南海子——さき・なみこ
東京・本郷生まれ。詩人・放送作家。
ラジオやテレビ番組の構成に携わるかたわら、
作詞、エッセイ、紀行文で活躍。
「旅は人生で一番の遊び」と、今もネパールから
帰国したばかり。次に旅したいところはチベット。
今年は鎌倉の山々を歩きまわり、からだをつくりたい。
著書に『はがき万葉集』(立風書房)、
『地図のない旅からの手紙』(千趣会)などがある。

遠藤 泰子——えんどう・やすこ
横浜生まれ。ＴＢＳ入社ののち1971年フリーとなる。
現在はＴＢＳラジオ「誰かとどこかで」「森本毅郎
スタンバイ」のほか、ナレーション、講演、研修などでも活躍。
パソコン歴五年。今年はデジタルカメラで撮った
愛猫プカちゃんをパソコンの画面に取り込みたいと挑戦中。
旅したいところはイタリア。街をのんびり歩きたい。
著書に『あったかいことばで話したい』
(大和書房)がある。

ことづて

七円の唄　誰かとどこかで

二〇〇一年四月二十五日　初版第一刷発行

編著者――永六輔・﨑南海子・遠藤泰子

発行者――原雅久

発行所――株式会社　朝日出版社

〒一〇一―〇〇六五

東京都千代田区西神田三―三―五

電話〇三―三二六三―三三二一

http://www.asahipress.com

印刷・製本――凸版印刷株式会社